後宮は有料です！

ヘンデル
クオンをサポートする青年。社交的で親しみやすく、時に軽い人と見られがち。後宮の問題点を調べている。
パスカル
中庭でリーナと出会った王子様のような青年。優しい性格だが、冷静な策略家の一面もある。
クオン
後宮で出会った高貴な雰囲気の人。出会った当初は外部の人間としてリーナに接し、仕事の内容などを聞いていた。
リーナ
孤児院で暮らしていた少女。後宮での仕事に応募したところ、その熱意が伝わり採用される。まじめで誠実な努力家。

主な登場人物

ロジャー

リーナが休養室でエゼルバードと一緒に出会った男性。几帳面で完璧主義者に近い性格。

レイフィール

後宮の中庭でリーナと出会った、正義感の強いさわやかな青年。リーナからは軍人だと思われている。

エゼルバード

過労のために倒れていたリーナを発見した人。気まぐれでわがままな性格。おしゃれや美容に気を遣っている。

Contents

後宮は有料です!

美雪

イラスト
しんいし智歩

序章　就職先を求めて

リーナは王都外れにある孤児院で暮らしていた。

くすんだ金髪、曇り空のような灰色の瞳を持つ少女で、十六歳になったばかり。

成人年齢の十八歳までは孤児院にいることができるが、女性は十六歳で結婚できることもあって、孤児院を出ていくための準備を始めなければならなかった。

求人募集の張り紙を見つける度《たび》にリーナは訪ねてみるが、募集者側の反応は冷たい。

孤児だとわかった途端、態度が急変するのは当たり前。みすぼらしい服装のせいで門前払いになることも多かった。

困り果てていたリーナは平民街に職業紹介所があることを知り、早速訪ねてみることにした。

「住み込みで働ける仕事を探しています」

相談員はリーナの申込用紙を確認した。

「孤児ですか。採用どころか応募することさえ難しいですね」

「そうですか」

リーナはがっかりしたが、相談員の話には続きがあった。

「一つだけは問題なさそうなものがあります。応募してみますか？」

「どんなお仕事でしょうか？」

「後宮で働く者の募集です」

リーナは驚いた。

「王宮ですか？　国王が住んでいるところですよね？」

「違います。後宮です」

「後宮？」

「後宮というのは、王族の側妃やその候補者が住むところです」

「側妃？　その候補者？」

全然わかってなさそうだと相談員は思った。

「後宮は特殊な場所なので、就職すると外出が極めて難しくなってしまうそうです」

家族や友人知人との連絡も取りにくい。なかなか仕事を辞めることができない。

厳しい守秘義務もあるが、十五歳以上の女性であれば誰でも申し込めると説明された。

「住み込みなので、衣食住は保証されると思います」

「応募します！」

リーナは即決した。

後日、リーナは面接を受けるため、王宮の隣にある後宮へ行った。

待合室にいるのは、上等でお洒落《しゃれ》な服装をした応募者ばかり。リーナは不安になったが、面接を受けずに帰るつもりはなかった。

何もしないまま諦《あきら》めたくない！

危険物の持ち込みがないかの確認と健康診断を受けたあと、個別の面接が行われた。

「どんな仕事でも一生懸命真面目《まじめ》に頑張ります。どうか採用してください！」

懇願するリーナを見た面接官は考え込んだ。

書類で判断すると不合格だが、懸命に働くという熱意から判断すると大合格。

応募者の中で誰よりも努力する姿勢を見せているのは、評価に値することだった。

「わかりました。採用します」

後宮の求人に申し込む者は多いが、試用期間中に辞めてしまうことが多い。

リーナは辞めない。懸命に働くだろうと面接官は思った。

「本当ですか？　ありがとうございます。一生懸命頑張ります！」

「これが採用通知です。職業紹介所に採用されたことを報告しなさい。親しい者に別れの挨拶《あいさつ》を告げ、身の回りのものを手荷物にまとめるのです。三日以内に後宮へ来なさい」

リーナは職業紹介所に採用の報告をしてから孤児院に戻った。

「住み込みで働く場所が見つかりました。三日以内に行かないといけません」

院長は驚いたが、職業紹介所にも採用の報告をしたと聞いて納得した。

「すぐに荷物整理をしなさい。全て孤児院の備品ですが、最低限の服と小物は持って行ってもいいことにします。必要そうなものをこの手提げ鞄《かばん》に入れなさい。中身を確認します」

部屋に戻ったリーナは、持ち物を整理しながら最低限の必要品を手提げ鞄に詰めた。


翌日、夜明けになるとリーナは布製の手提げ鞄を持って孤児院を出た。

「いつかきっと幸せになれる。頑張って歩いていかないと！」

後宮を目指してリーナは歩き出した。

薄暗かった空が太陽の光によって徐々に明るさを増していく。

それはリーナの行く先、未来を照らしているかのようだった。

第一章　後宮の生活

後宮は複数の宮殿で構成されている場所の総称だった。

下働き見習いは最下位の階級で、勤務中は帽子とエプロンを着用する。

住む部屋や仕事場は地下で、用事がない限り地上へは行かないようにすることをリーナは説明された。

「貴方《あなた》の部屋は四人部屋で、同室者が三名います」

リーナは部屋を見回した。

日中だというのに部屋は薄暗い。照明具はなく、灯りは天井近くにある小窓から注がれる外光だけだった。

「時々掃除の者が出入りするので、持ち物はできるだけ自分専用の木箱に入れなさい。必ず鍵をかけるように」

「はい」

リーナの持ち物は非常に少なく、全てを入れた状態でも木箱の中はほとんど空いていた。

「では、仕事について説明します」

特別な技能がないリーナは掃除部に配属された。

仕事内容はさまざまな場所を掃除すること。

勤務時間は掃除部の指導役と共に行動しながら、仕事や日常的なことを勉強することが伝えられた。


――


初日の勤務時間が終わると、リーナは指導役と一緒に食堂へ向かった。

「ここが食堂です。階級によって食事の回数や時間帯が違います」

下働きやその見習いの食事は一日二回。朝食と夕食で、セルフサービス形式。新人は下座に座ることになっていた。

リーナは指導役と一緒にカウンターに並ぶと、食事が載ったトレーを受け取った。

夕食のメニューは野菜のスープ、パン、水。

一般的に見れば質素な食事だが、孤児院育ちのリーナは目を輝かせた。

「こんなに大きなパンを一人で食べることができるなんてすごい！」

「パン一つでここまで感動する者を初めて見ました」

「温かいスープを飲めるなんて幸せです！　いただきます！」

リーナは喜びいっぱいの表情で食事を始めた。

食事が終わると、リーナは入浴についての説明を受けることになった。

「後宮において衛生状態や清潔感は非常に重要視されています。病気を予防するためにも、毎日入浴するように」

「毎日入浴するのですか？　すごいです！」

入浴には大量の水やお湯を必要とするだけに、毎日の入浴は庶民にとって贅沢《ぜいたく》なことだった。

「下位者用の大浴場があります。仕事が終わったら入浴しなさい」

「わかりました」

「大浴場に案内します。部屋に寄って着替えを持って行きましょう」

リーナは指導役と一緒に自室へ行った。

部屋には同室者たちが揃《そろ》っていたため、指導役はリーナのことを紹介した。

「リーナです。よろしくお願いします！」

「早く着替えを出しなさい」

リーナが木箱を開けると、興味津々《しんしん》とばかりに同室者たちが中を覗《のぞ》き込んだ。

「それしかないの？」

リーナは孤児院で暮らしていたことや、最低限の必要品しかもらえなかったことを説明した。

「毎日入浴するのに着替えが一セットだけじゃ、絶対に足りないわよ？」

「どうしてですか？　すぐに洗濯すれば一日で乾くはずです」

「洗濯は洗濯部の者がします。掃除部の者にはできません」

大浴場の側にクリーニングのカウンターがある。汚れた衣類はそこに出して洗ってもらうのだとリーナは教えられた。

「どんなに早くても三日はかかります。天気や洗濯物の量次第では一週間ほどかかってしまうでしょう。仕方がないので、購買部で着替えを買いなさい」

リーナは表情を強張らせた。

「あの……私はお金を持っていないのですが」

「一ギニーもないのですか？」

「一ギニーもないです」

「そうですか。でも、大丈夫です。お金がなくても買えます」

リーナは目を丸くした。

「お金がないのに買えるのですか？」

「代金は後払いで、給与から天引きされるのです」

「私の給与はどのぐらいなのでしょうか？」

リーナは自分の給与がいくらなのか知らなかった。

「査定中なのですぐにはわかりませんが、新人の給与は低いでしょう。そこから部屋代、食事代、クリーニング代などの生活費が引かれます。基本的には赤字なので、借金になります」

「借金なんて困ります！」

リーナは驚愕《きょうがく》の叫び声を上げた。

「お金も着替えもないのです。仕方がありません。ですが、貴方は恵まれています。後宮で発生した借金は一般的な借金とは違うのです」

利息がつかない。返済額は後宮が一時的に立て替えた分と同じだけ。

返済期限は後宮を辞めるまでになるため、長く勤めれば何十年もあることが説明された。

「給与明細上ではマイナスの表示になってしまうので、現金の支給はありません。ですが、必要品は購買部でツケ買いができるので困りません」

後宮における借金は、一般的な借金とは全然違うようだとリーナは感じた。

「少しずつ給与も増えるので、借金も減っていくでしょう。今だけは仕方がないと思うのです。皆もそうしています。それが後宮の常識です」

「私も借金があるわ。でも、生活には困っていないわね」

「私も同じよ。利息もないし返済まで何十年もあるのよ？　安心して借金すればいいわ」

「生活できていることが大切でしょう？」

結局はどうしようもないということで、リーナは購買部で着替えを購入した。

後宮での生活は借金生活の始まりでもあった。

◆◇◆◇◆

初めての給料日。

「どうだった？」

同室者の一人、カリンがリーナに尋ねた。

リーナは黙ったまま、封筒に入っていた給与明細をじっくりと見ていた。

給与は三万ギニー。リーナの予想よりも多かったが、給与から天引きされる生活費や購買部での買い物代はもっと多かった。

「全然足りません……マイナスなので借金です」

予想はしていたが、リーナは落ち込まずにはいられなかった。

「試用期間だから日給よね。ちょっと見せて」

カリンはリーナの給与明細を素早く確認した。

「この額なら大丈夫よ。頑張っていることが評価されているわ。でも、一年間はひたすら我慢するしかないわね。マイナス表示にも慣れてくるわ」

「カリンさんに聞きたいことがあります。共益費というのはなんですか？」

「ああ、それね。気にしなくていいわよ。共用施設を使うせいで、絶対に引かれるから」

「施設費というのはなんですか？」

「それも共用施設を使う費用ね」

リーナは首を傾げた。

「共益費とは違うのですか？」

「違うわよ。共益費は共用の場所を維持する費用で、トイレットペーパーとか石鹸《せっけん》とかの費用だと思えばいいわ。施設費は便利な施設の利用料ね。お風呂屋さんに行くとお金を払うでしょう？　それと一緒よ」

「それならわかります」

「部屋代はこの部屋を使う分よ。ここは四人部屋だから、部屋代は高い方かも。でも、どの部屋になるかは上の者が決めるからどうしようもないわ」

「運が良くないと安い部屋になれないのですね」

「まあ、リーナは間違いなく幸運よ。指導役がマーサ様に変更されたでしょう？」

「もしかして、マーサ様は凄腕の指導役なのでしょうか？」

「掃除部長よ。掃除部で一番偉い役職者ね」

多くの者がマーサに礼儀正しく挨拶をするのは、上級召使いだからではなく掃除部長だからであることをリーナは知った。

「マーサ様の補佐役が辞めたのよね。そのせいかもしれないわ」

「私はただの雑用係ですが？」

「新しい補佐役の負担を軽減するためでしょうね。だとしても、掃除部長付きよ？　マーサ様に認められれば、出世できるかもしれないわ」

「認めてもらえるように頑張ります」

借金があっても頑張って働ければ必ず返せる！

リーナは未来への希望を強く感じていた。

◆◇◆◇◆

一年が過ぎた。

リーナは下働き見習いを卒業して下働きになった。

給与は上がったが、給与明細は相変わらずのマイナス続き。

生活環境も待遇も悪くないが、借金は膨らむばかりだった。

「給与はどうだった？」

隣のベッドに寝ころんでいたカリンが尋ねた。

「カリンさんが予想した通りです。十五万ギニーでした」

「真面目に頑張っていればそうなるわ。借金も結構増えたでしょう？」

「そうですね……購買部の商品はどれも高過ぎます」

後宮に住み込んでいる者は、よほどの事情がない限り外出できない。日常的な生活品は全て購買部で買うしかなかった。

家族に手紙を書いて必要品を送ってもらう者もいるが、孤児のリーナには無理な方法だった。

「制服代もすごいです。有料だなんて思いませんでした」

下働き見習いは帽子とエプロンだったが、下働きになると灰色のワンピースも貸し出してもらわなければならない。

その分の代金が、しっかりと給与明細上で請求されていた。

「後宮で働く以上は必要だもの。仕方がないわよ」

「下働きになって地上に出入りしやすくなりましたし、この制服があれば心強いですよね」

「リーナは長所を探して目を向けるわよね。とても偉いわ」

「そろそろ寝ます。明日はかなり早い時間に起きないといけません。新しい仕事の説明があるそうです」

「新しい仕事？」

見習いを卒業しても、一年程度は同じような仕事をするのが定番だった。

真面目に頑張っていることが掃除部長のマーサに認められ、出世コースに乗ったのかもしれないとカリンは思った。

「どんな仕事か教えてね」

「情報漏洩《ろうえい》にならないようなことであれば、お話しできると思います」

リーナは給与明細を封筒に入れると木箱にしまった。

「掃除部の者同士ならほとんどのことが大丈夫よ」

「そうですね。じゃあ、おやすみなさい」

リーナは薄い毛布を被《かぶ》りながら目を閉じた。

早朝になると、リーナは眠気を堪《こら》えながら起床した。

同室者を起こさないよう静かに身支度を整え、マーサの部屋に向かった。

「おはようございます」

「おはよう」

マーサは時計を見た。

「指定された時間の五分前に来るのが最も適切です。上の者に会う時は注意しなさい」

「すみません」

「申し訳ありません、でしょう？」

「申し訳ありません」

リーナは仕事のことだけでなく、礼儀作法や言葉遣《づか》いの指導も受けていた。

「少し早いかもしれませんが、移動時間がかかるのでいいでしょう。行きますよ」

到着したのは二階の部屋。

初めて二階に来たリーナは、かなり緊張していた。

「おはようございます」

部屋の中にいる二人の女性に向かって、マーサは深く頭を下げた。

それを見たリーナも同じように頭を下げた。

「おはよう。その者ですか？」

年配の女性がリーナに視線を向けた。

「はい。リーナ、侍女長と担当の侍女殿に挨拶をしなさい」

リーナは相当驚いた。

侍女長というのは、マーサよりもずっと上の役職者だった。

「リーナと申します。よろしくお願い申し上げます」

「貴方には特別な仕事をしてもらいます。その仕事の上司は侍女のメリーネになります。メリーネの指示に従いなさい」

「はい」

「仕事場に案内します。ついてきなさい」

メリーネに続いてリーナはひと気がない廊下を移動した。

「ここは控えの間です」

メリーネが豪華なドアを開けると、部屋の中も豪華だとわかった。

「外部から来た者が使用する部屋で、掃除は召使いがします。貴方がする必要はありません」

それならなぜここに来たのだろうかとリーナは思ったが、理由はすぐに判明した。

「貴方にはここの隣を掃除してもらいます。トイレです」

掃除部において、新人は水場の掃除を割り当てられる。トイレ掃除はその一つ。

下働き見習いの経験者から下働きの新人になったからだろう、とリーナは思った。

リーナの早朝勤務が始まった。

本来、下働きは二階に出入りできない。控えの間だけでなくトイレ掃除も召使いが担当する仕事だった。

しかし、後宮は人件費の削減を目指しており、後宮監理官の指示で給与の安い下働きだけを新規採用している。

その結果、召使いや上級召使いの補充ができず人数が減ってしまい、一時的な処置として下働きが担当する仕事が増えていた。

「思ったよりも簡単でよかった」

早起きするのが大変なだけで、仕事自体は楽だとリーナは思った。

どんな仕事でも一生懸命頑張れば評価される。早朝勤務をすることで給与も増えた。

「地上にも行けるし、朝の風景を楽しむ時間が取れるのも嬉《うれ》しいし、良いことばかりかも」

新しい仕事を任されたリーナは喜んでいた。

担当場所が一カ所から三カ所に増えたのも、信頼と評価の証《あかし》だと感じていた。

◆◇◆◇◆

二階の廊下を移動していたリーナは巡回する警備の者に出くわした。

「下働きのくせに何をしている？」

「下働きは二階に出入りできない。所属と名前は？」

「掃除部のリーナです。掃除に行くところです」

「どこを掃除している？」

「守秘義務があって言えません」

仕事については部外者に教えてはいけないことになっている。

警備の者は掃除部ではない。部外者だと思ったリーナは何も言わなかったため、捕縛《ほばく》されてしまった。

警備室に連行されたリーナは、取り調べでも仕事内容については話さなかった。

「上司は誰だ？　掃除部長ならお前の仕事内容を知っているか？」

「特別な仕事の上司は侍女のメリーネ様です」

掃除部には召使いしかいない。上位部が管轄している仕事のようだと警備の者は思い、清掃部の侍女であるメリーネを呼び出して確認することにした。

メリーネの説明によってリーナは釈放されたが、朝早く呼び出されたメリーネは非常に不機嫌だった。

「情報漏洩を気にしたのはわかります。ですが、不審者や違反者と間違われている時は説明しても構いません。二度とこのようなことがないようにしなさい！」

「はい。本当に申し訳ございませんでした」

リーナが深く反省しているのは見ればすぐにわかることだった。

真面目な性格が災いして起きてしまったことだけに、今回に限っては仕方がないとメリーネは思うことにした。

「これからは警備の者と会いやすくなるかもしれません」

後宮警備隊は重要な部屋の周辺を巡回しており、定期的に巡回時間を変更していた。

「後宮の警備は万全です。不審者よりも違反者に遭遇する可能性が高いでしょう。相手の名前や所属を確認しなさい。言わない場合は後宮警備隊に通報しなさい。わかりましたね？」

「わかりました！」

リーナはしっかりと頷《うなず》いた。

◆◇◆◇◆

予期せぬ出来事は突然やってきた。

控えの間に入ったリーナは男性と遭遇した。

制服ではない。警備でもない。身なりが整っている。高貴な身分の者に見えた。

男性はソファに横たわっていたが、リーナがノックもせずに部屋に入ってきたため、すぐに起き上がると剣に手をかけた。

「何者だ？」

リーナは驚きのあまり叫ぶこともできず、その場で硬直した。

ドキドキと心臓が大きな音を響かせる中、男性が近づいてくるのが見える。

金の髪と銀の瞳。見た目の印象は冷たく厳しい人物で、長身なこともあってかなりの威圧感があった。

「も、申し訳ありません！　人がいるとは思わなくて」

リーナは勇気を振り絞って、なんとか謝罪の言葉を口にした。

「なぜ、ここに来た？」

「掃除に来ました」

「掃除だと？」

「この部屋の隣にあるトイレです。侍女長に特別な許可を与えられています。早朝の三時から

六時までの間に掃除しなければなりません」

「掃除道具を持っていない。どうやって掃除する？」

「掃除道具はトイレの方にある戸棚の中に入っています。専用の掃除道具を使うので、持ち歩いて移動しなくてもいいのです」

「お前の弁明が正しいかどうかを確認する。掃除道具がどこにあるか教えろ。少しでも怪しいことをすれば不審者として扱う」

「わかりました。でも、私は不審者ではありません。ただの下働きです」

リーナはトイレの方へ行くと、豪華な戸棚から掃除道具を取り出した。

「これが掃除道具入れです。隣の戸棚にはタオルやトイレットペーパーといった備品が収納されています」

「仕事をしろ。しばらくの間は見ている」

「はい」

リーナは慣れた手つきで掃除を開始した。

一見すると非常に綺麗《きれい》な状態だが、手抜きはできない。誰も見ていなくてもきっちり仕事をすることが重要であり、信用されるようになるとマーサに教えられていた。

リーナは隅々まで拭き掃除をしたあと、トイレットペーパーとタオルの在庫があるかどうかを調べ、使用済みタオル入れやごみ箱の中に何も入っていないことを確認した。

「掃除が終わりました。次の掃除場所に移動してもよろしいでしょうか？」

「担当場所は二カ所か？」

「ここも含めて三カ所です」

男性はドアの側に立っていたが、リーナの説明に納得したことを示すように移動した。

「次の場所へ行け」

「ありがとうございます！」

リーナは一礼すると次の掃除場所に向かった。


二カ所目の掃除も順調に終わり、三カ所目の掃除も終わった。

「あっ！」

掃除後に備品を確認していたリーナは思わず声を上げた。

「どうした？」

尋ねたのは、先ほどの男性だった。

男性はリーナに同行して掃除する様子をずっと見ていた。

「答えろ」

仕事内容に関しては、軽々しく話してはいけないことになっている。

但《ただ》し、疑いを晴らすためであれば説明してもいいことをリーナは思い出した。

「タオルが一枚足りません。紛失か盗難です。上司に報告しなければならないと思いました」

「それだけか？　仕事はこれで終わりか？」

「それだけです。回収したタオルを一階のクリーニングカウンターに出せば終わりです」

「六時までに終えると言っていたが、ずいぶん早いな？」

「綺麗だったからです。状態によって掃除の内容や時間が増えたり減ったりします」

「お前が本当に仕事をしにきたことはわかった。クリーニングカウンターに行け」

「お尋ねしたいことがあります。貴方はどなた様でしょうか？」

「知る必要はない」

「知らない者と会った場合は、名前や所属を聞いて上司に報告することになっています。言わない場合は後宮警備隊に通報しなければならないのですが？」

「クオンだ」

通報されると面倒なことになってしまうため、クオンは名乗ることにした。

「クオン様ですね。所属というか、外部の方でしょうか？」

「そうだ」

「わかりました。そのように報告しておきます」

「待て。報告はしなくていい。外部の関係者については名前を言ってもわからない」

「でも」

「聞け。お前は控えの間が使用中だということを知らなかったのではないか？」

「そうです。なので、いつも通り掃除に来ました」

「そうか。お前が悪いわけではなさそうだが、掃除に来たことが問題視されてしまうかもしれない。少なくとも、部屋が使用中であることが通達されていなかったのは問題だ」

そうかもしれないとリーナは思った。

「私の方からお前の上司よりも上の者に伝えておく。内密に処理される可能性が高いだろう。お前が処罰されるのを防ぐためにも黙っておけ。わかったか？」

「はい」

「名前を聞いておく。所属もだ」

「掃除部のリーナです」

「わかった。行け」

「失礼いたします」

リーナは一階のクリーニングカウンターに向かった。

いつも通り交換したタオルを洗濯に出したあと、上司のメリーネ宛に予備のタオルが一枚少なかったことを報告する手紙を書くことにした。

緊急時以外、早朝勤務については手紙で報告することになっている。

この方法はとても便利だが、手紙を出すために必要な便箋、封筒、ペンの費用は自己負担。

つまり、リーナの借金が増える方法だった。

後宮内の郵便が無料なだけマシだけど……。

リーナは報告書としての手紙を書き終え、郵便ポストに入れた。

第二章　勤勉な召使い

リーナは侍女長に呼び出された。

「階級を一つ上げて召使いにします」

早朝勤務を行っていたリーナが控えの間で高貴な者と遭遇してしまったことで、掃除の担当者に控えの間が使用中だと伝わっていなかった原因ついてに調べられた。

後宮は階級によって出入り可能な場所や範囲が決まっている。

下働きに召使いの仕事をさせるのは違反だと侍女長は後宮監理官に叱責され、リーナの階級を召使いにして仕事を続けさせるように言われていた。

「昇格できたのは真面目に早朝勤務をしているからです。これからも真摯《しんし》に励みなさい」

「はい。ありがとうございます！」

リーナは侍女長室から退出すると、辞令と提出用の書類を持って掃除部に急いだ。

マーサはリーナの昇格を喜んだ。

「おめでとう、リーナ。今日から召使いですよ」

「ありがとうございます。とても嬉しいです！」

「召使いになるとさまざまな部分が変更されます。制服も変わります」

リーナの喜びが急速に萎《しぼ》んだ。

「制服代がかかるのでしょうか？」

「かかります」

またしても借金が増えると思ったリーナは肩を落とした。

「最初だけです。大切に使用すれば何十年も同じ制服を使えます。私服で勤務するよりもずっと費用がかかりません」

下働きの制服をもらう時も、リーナは同じような説明を受けた。

何十年も使うことを考えれば、割安かもしれない。

しかし、下働きの制服を着たのは数カ月の間だけ。割安どころか割高だった。

「衣装部に行きなさい。召使いの制服をもらって着替えてくるのです」

「マーサ様、お伺《うかが》いしたいことがあるのですが？」

「なんですか？」

「下働きの制服を返却すると、制服代が戻ってくるのでしょうか？」

「戻りません」

「全く使っていない制服が何枚もあるのですが、その分も戻らないのでしょうか？」

「戻りません。受け取った時点で制服代が発生するので、未使用品でも使用品でも同じです」

「そうですか……」

がっかりしながらリーナは衣装部へ向かった。

下働きの制服は灰色だったが、召使いの制服は紺色。白い帽子は縁部分にあしらわれたフリルの大きさが変わり、腰エプロンは胸当てエプロンに変更された。

フリルが多くてお洒落だけど、制服代が高くなりそうな予感……。

リーナは召使いの制服に着替え、下働きの制服一式をまとめて衣装部に返却した。

掃除部に戻ったリーナはマーサに声をかけられた。

「一緒に昼食をとりましょう。これからは一日三食になりますよ」

「はい！」

喜ぶリーナにマーサは温かい眼差《まなざ》しを向けた。

「元気が出たようですね」

「かなり出ました」

早めの時間のせいか食堂は空席が多く、それほど人もいない。

それでもリーナは自分に注がれる視線を感じずにはいられなかった。

「制服が変わったせいで注目されるかもしれません。ですが、気にしないように」

マーサが一緒でよかったとリーナは思った。

召使いに昇格できたのは嬉しいが、周囲がどう思うかについては考えていなかった。

「貴方が昇格したのは私の教えを守りながら真面目に仕事をしたからです。これからも真摯に励みなさい。いいですね？」

「はい。頑張ります」

「食事のあとは休みにします。勤務は明日からです」

「マーサ様、私は早く借金を返したいと思っています。お休みはいらないので、お仕事をいただけないでしょうか？」

マーサはリーナの真面目な性格や勤勉さを高く評価していた。

だが、仕事は与えられない。これからリーナの新しい仕事を検討して調整する予定だった。

「午後の休みは有給です。昇格した褒美《ほうび》だと思い、ゆっくりと体を休めなさい」

「でも、することがないといいますか」

「メリーネ殿に昇格の報告と挨拶をすればいいでしょう」

食事が終わるとリーナはマーサの分も合わせて食器やトレーを片付け、一階にある侍女見習いの休憩室に向かった。

侍女の休憩室の場所を侍女見習いに聞くためだったが、侍女見習いの休憩室には誰もいなかった。

リーナは一階を歩き回るが、こういう時に限って誰もいない。

地下の食堂に行って上級召使いに聞くこともできるが、また注目されてしまう可能性があるだけに行きたくない。

歩き回って疲れたリーナは中庭へ向かい、ベンチに座って休憩することにした。

陽射しを受けながらぼんやりとしていたリーナは、だんだんと眠気を感じ始めた。

◆◇◆◇◆

後宮の中庭に来たパスカルは、ベンチに座っているリーナを見つけた。

「ちょっといいかな？」

金の髪と青い瞳。優しそうな表情。豪華な刺繍《ししゅう》が施された上等そうな服。

パスカルを見たリーナは、まるで物語の中に出てくる王子様のようだと思った。

「お昼休みかな？」

「午後はずっとお休みになりました」

「だったらちょうどいいね。時間を気にせずに話せる」

パスカルはにっこり微笑むと、リーナの隣に座った。

「僕よりも年下かな？　何歳？」

「十七歳です」

「未成年なのか。召使いだから成人だと思ったよ」

「来年になれば十八歳です」

「急ぐ必要はないよ。大人になると大変だからね」

パスカルは優しく、そう言った。

「召使いだから平民だよね？」

「はい」

「恋人か婚約者はいる？」

「いません」

「好きな人は？」

「いません」

「男性と付き合ったことはある？」

「ないです」

リーナは正直に答えたが、なぜそんなことを聞くのだろうかと思っていた。

「なぜそんな質問をするのかって顔をしているね。じゃあ、質問を変えるよ。借金はある？」

リーナは表情を曇らせた。

「もしかしたら力になれるかもしれない。アルバイトに興味はないかな？」

「アルバイト？」

「僕としては借金を減らしたい者に声をかけたい。一日だけだ。十万ギニーでどうかな？」

「一日で十万ギニー！　そんなにもらえるのですか？」

リーナの給与と比べると破格の報酬だった。

「侍女の給与は高いからね。召使いから見ると高額に感じるとは思う」

「なるほど」

「アルバイトの内容は、僕の知り合いと一緒に過ごすことだ。会話をしながらお茶やお菓子を楽しむだけでいい。夕方までに終わる。どうかな？」

リーナは怪訝《けげん》そうにパスカルを見つめた。

「簡単そうです。それで十万ギニーなんておかしくないですか？」

「初対面の相手と長時間過ごすのは不安かもしれないと思ってね。報酬が高ければ、アルバイトとして割り切れるかなと思った」

「あまりにも都合のいいお話で、騙《だま》されているような気がします」

「二時間だけでもいい。ちょっと会ってお茶をするだけだから、報酬は一万ギニーだ」

二時間で一万ギニーというのも、リーナにとっては高額な報酬だった。

「僕の知り合いは女性と付き合うのが苦手でね。会話の練習相手を務めてくれる女性を探している。口止め料も込みだ。難しいことではないよね？」

「そうですね」

「男性と付き合ったことがないなら、君自身にとっても会話術の練習になりそうだね。無理にとは言わないけど、どうかな？」

説明におかしな点はなさそうだとリーナは思った。

だが、一番気になっていることがわからないままだった。

「外部の方ですよね？　なぜ、後宮の者に依頼するのでしょうか？」

「後宮の女性は未婚で恋人も婚約者もいないことが多い。声をかけやすいんだよ。借金を抱えている女性ならアルバイトに興味を示してくれるだろうしね」

非常に納得のいく説明だとリーナは思った。

「でも、後宮に勤務している者は外出できません。後宮で会うのですか？」

「そうなると思う。但し、制服ではなく私服を着てほしい」

私服……下働き見習いの頃に着ていたのはサイズがきつくなってしまったし。

リーナは迷うように俯《うつむ》いた。

「結構話したつもりだけど、受ける気がなさそうだね」

「なんとなくですが、怖いです」

「そうだよね。僕もこういった話を持ちかけられたら怪しいと思うからわかるよ」

パスカルは優しく微笑んだ。

「こんな話をしてしまって悪かったね。一度も会ったことがなくて、誠実で信頼できそうな女性を探してほしいと言われて困っていた」

「それでもお知り合いのために探されていたわけですよね。とても優しいです」

仕方なくだよ。後宮内の情報収集をするためだから。

パスカルは、本音とため息を心の中に隠した。

「お力になりたい気持ちもあるのですけど、不安なので無理そうです。すぐに断るだけの勇気がなくて、お手間を取らせてしまいました。申し訳ありません」

「気にしなくていいよ。結局はお金でなんとかできないかという話だからね。自分で言っておいてなんだけど、あまりいい話ではないよ」

パスカルは申し訳なさそうな表情をした。

「ごめんね。この話は聞かなかったことにしてくれるかな？」

「はい」

「じゃあ、口止め料だ」

パスカルはポケットから取り出した飴《あめ》を差し出した。

「受け取れません。賄賂《わいろ》になると困ります」

パスカルは目を見張った。

普通は気にしない。口止め料ならお金が欲しいと言い出す者さえいた。

パスカルはリーナの生真面目さを感じた。

「誰も賄賂だなんて思わないよ。もしかして、飴は嫌いかな？　他のお菓子がいい？」

「何もいらないと言いたいところなのですが、実は困っています」

リーナは優しそうなパスカルに助けを求めることにした。

「上司の侍女に会いたいのですが、侍女の休憩室がどこにあるのか知りません。もしご存じでしたら、場所を教えていただけないでしょうか？」

「上司が侍女なのに、侍女の休憩室を知らないんだ？」

「今日、召使いに昇格したばかりなのです。地下と一階はわかるのですが、侍女の休憩室は二階だと聞きました。二階を歩き回って注意されないか心配です」

「午前中に昇格したのかな？」

「そうです。侍女長に呼ばれて通達されました」

「昇格おめでとう」

突然の言葉にリーナは驚いた。

「ありがとうございます。そう言っていただけて嬉しいです」

「移動しよう」

パスカルはそう言うと、リーナの手を取って立ち上がった。

「あの」

「こっちだよ」

「案内していただけるのは嬉しいのですけど、手はちょっと困ります」

「中庭を出るまでのつもりだったけれど、控え目なんだね。だから昇格したのかもしれない」

パスカルはすぐに手を離して歩き出したため、リーナもそれに続いて歩き出した。

しばらく行くと、パスカルは振り返った。

「昇格祝いに何か買ってあげるよ」

購買部の前だった。

「お気持ちだけで結構です」

「好意は素直に受けて。遠慮すると、逆に相手を不快にさせてしまうかもしれないからね。高額商品でなければ賄賂にもならない。大丈夫だよ」

「でも」

「欲しいものはある？」

「ないです」

リーナは即答したが、本心ではなかった。

欲しいものはいくつもある。だが、ずっと我慢している。

買おうと思えばいくらでもツケで買えるが、借金を増やさないよう心掛けていた。

「本当に遠慮しなくていいんだよ」

パスカルは優しい口調でそう言った。

「昇格は滅多《めった》にない。たくさん喜んでお祝いしよう。僕もお祝いしたい。飴はお気に召さないようだしね？」

パスカルはふと思い出したような表情になった。

「そういえば、名前を聞いていなかった。教えてくれるかな？」

「もう会わないと思うので、知らなくてもいいのではないかと」

「つれないね。残念だな」

「初めて会った人に用心するのは普通ですよね？　貴方の名前だって知りません」

「パスカルだよ」

「……リーナです」

ためらいながらもリーナが名乗ったことにパスカルは驚いた。

「名前を教えてくれたね？　どうしてかな？」

「名乗られたら名乗り返すのが礼儀です。指導役にそう教えられました」

「なるほど」

リーナが真面目な性格であることを確信しながらパスカルは微笑んだ。

「可愛い名前だね」

恥ずかしくなったリーナは俯いた。

ただのお世辞だとしても、王子様のような男性に褒《ほ》められて嬉しくないわけがなかった。

「お菓子はすぐになくなってしまうし、別のものがいいかな。何がいい？」

「本当に気持ちだけで」

「有言実行しないと、僕の名誉が守れない」

「名誉なんて……貴族みたいです」

パスカルはリーナをじっと見つめた。

「お化粧をしていないね。口紅はどうかな？」

「いらないです」

パスカルは付近の商品棚を確認した。

「小物入れは？」

「入れるものがありません」

「飾っておけばいいよ」

「棚やテーブルがありません。私物は木箱に入れることになっています」

「櫛《くし》は？　ブラシでもいい。毎日使えるよ」

「後宮に就職した際に身の回りのものが全然なくて、仕方なく購買部で買い揃えました。そこにある小花の装飾の櫛を使っています。一番安いと教わったので」

パスカルはリーナの手を引きながら他の商品を見て回った。

「ハンカチはどう？　何枚あってもいいよね。絵柄もたくさんあるし、何枚か買おうか？」

「全然使いません。掃除部ではエプロンで拭《ふ》くのが常識です」

「意外と難しいね。このままだと時間がかかってしまいそうだ。上司のところに行くためにも早く選ばないと」

リーナはため息をつくと、周辺を見渡した。

「リボンが欲しいです」

「髪を結ぶためかな？」

「それもありますけれど、木箱の鍵につけるものが欲しいのです。皆、自分の鍵だとわかるようにリボンやチャームをつけています」

リーナもいずれは目印になるようなものを鍵につけたいと思っていた。

「チャームもいいね」

パスカルはリーナを連れてチャームのコーナーに移動した。

「たくさん種類がある。どれも女性が好きそうなものばかりだ。どれがいい？」

「私が欲しいのはリボンなのですが？」

「リボンとチャームにしよう。リボンだけだと他の者とかぶりやすい。チャームと組み合わせるとわかりやすくなるよ」

そうかもしれないとリーナは思った。

「好きなものを二つ選んで」

「二つも？」

リーナは驚いた。

「一つだと同じチャームをつけている者がいるかもしれない。二つがいいよ」

「高価なので一つでいいです」

「リーナにはそうかもしれないけど、僕にとってはそうじゃない」

「でも」

「じゃあ、こうしよう。一つはリーナが選ぶ。もう一つは僕が選ぶ。時間もあるし急ごう」

「これにします」

リーナは花のチャームを選んだ。

「一番安いのを選んだね」

選んだ理由を見抜かれたとリーナは思った。

「じゃあ、僕は一番高いのを選ぼう」

パスカルは金のチャームを手に取った。

「高過ぎます！」

「贈り物だし、気にしなくていいよ」

「自分で選びます。だから、これはやめてください」

リーナはすぐに銀色のケーキのチャームを選んだ。

「これにします。いつかお金を貯めてこれを買いたいと思っていました」

「ケーキが好きなのかな？」

「そうです。両親が生きていた頃はよく食べていました。幸せだった頃を思い出します」

「両親は亡くなられたのか」

「七歳の時に。それからは孤児院で育ちました」

パスカルはお茶のカップのチャームを手に取った。

「ケーキだけじゃ喉が渇いてしまう。お茶も一緒にあった方がいいよ」

「チャームなので関係ない気がします」

「僕がそうしたい。これはセットだよ」

「でしたら、花のチャームはやめます」

「三つでいい。テーブルの上に花を飾るように、思い出をより美しくしよう」

パスカルに押し切られ、チャームは三つになった。

「リボンは何色にする？」

「ピンクがいいです」

「女性はピンクが好きだね」

「ピンクは幸せの色だと聞いたことがあります」

「僕は黄色だと聞いたことがあるよ」

「黄色は希望の色です」

「じゃあ、ピンクと黄色、お祝い事だから金色でいいかな」

パスカルは三色のリボンを手に取った。

「お菓子も買おう。詰め合わせになっているのがいい」

パスカルはさまざまな種類の菓子が詰め合わせになった箱を選び取ると、他の商品と合わせて購入した。

「あらためて昇格おめでとう」

「ありがとうございます」

既に買ってしまったものだけに、受け取るしかないとリーナは思った。

「借金があることを考えると、お金の方がいいのかもしれない。でも、賄賂になったら困るからね。これで我慢してほしい」

「我慢だなんて……とても嬉しいです」

「これからも仕事を頑張って。リーナは掃除部みたいだね？　僕は時々後宮に来る。綺麗に掃除されていると嬉しい」

「外部の方なのに、後宮に時々来るのですか？」

「主に購買部でお菓子を買うためだけどね」

パスカルは苦笑した。

「早速チャームをつけてもらってもいいかな？　どんな感じか見てみたい」

リーナは買った三色のリボンを一つに束ね、手早く三つ編みにして一本にまとめた。

それをポケットから取り出した鍵に、チャームと共につけた。

「とても素敵です」

「そうだね。三本のリボンを編んでまとめたことには少し驚いた。リーナらしさが表れているよ」

「本当にありがとうございます。一生の思い出です」

一生か……。

パスカルにとっては軽い気持ちでしたことだったが、リーナにとっては違うというのがよくわかる言葉だった。

「今日はラッキーデイです。昇格もできましたし、贈り物もいただけました。パスカル様のおかげで幸せな気分になれました」

「喜んでもらえて嬉しい。僕もリーナのおかげで幸せな気分だよ」

パスカルは優しい表情でそう言った。

「一度、部屋に戻って荷物を置いておいで。お菓子は友人や同僚たちと一緒に食べるといい。

でも、上司への贈り物にしてはいけない。それこそ賄賂になる可能性があるから注意して」

「わかりました」

「ここで待っているから」

リーナは急いで自分の部屋に向かった。


購買部に戻ったリーナは、十人以上の女性たちに囲まれているパスカルを見つけた。

「リーナ！」

パスカルがリーナを呼ぶと、その周囲にいた女性たちの視線がリーナに集まった。

「お待たせして申し訳ありません」

リーナは女性たちの視線に緊張しながら頭を下げた。

「気にしなくていいよ。お菓子の新商品が出ていたから、どんな味なのか気になってしまってね。箱買いして近くにいる者に試食してもらった。評判がいいから職場で配る分としてもう一箱買ったよ」

パスカルは箱を入れた紙袋を持っていた。

「リーナも食べたかった？」

「いいえ。大丈夫です」

「それは困るな。ちゃんと取っておいたのに」

パスカルはポケットから小さな包みを取り出した。

「これはリーナの分。あとで試食してみるといい。チョコレートだよ」

「ありがとうございます」

リーナはパスカルの優しさをより強く感じた。

「試食に協力してくれてありがとう。これで失礼する。リーナはついてきて」

残念がる女性たちを顧《かえり》みることなく、パスカルは移動し始めた。

リーナは女性たちに一礼すると、急いでパスカルのあとを追いかけた。

「ここが侍女の休憩室だよ」

「本当にありがとうございました」

「じゃあね」

パスカルの姿はすぐに見えなくなったが、その優しい余韻はリーナの心の中に残っていた。

会えてよかった……。

正真正銘のラッキーデイだと感じながら、リーナは休憩室のドアをノックした。

◆◇◆◇◆

メリーネに会って挨拶をしたリーナは、部屋に戻った。

通常勤務の時間だけに、誰もいない。

リーナはパスカルにもらった新商品のチョコレートを食べてみることにした。

甘い……。

久しぶりに食べるチョコレートは、とても美味《おい》しかった。

購買部で売っている品だけに、お金がなくてもツケで買うことはできる。

だが、リーナはツケでお菓子を買う気はなかった。

「借金を返してからにしないと」

美味しいお菓子を買うためにも、一生懸命仕事を頑張ろうとリーナは思った。


夕方になると、勤務を終えたカリンが部屋に戻ってきた。

「カリンさん！」

リーナは真っ先にカリンに話を伝え、パスカルにもらったお菓子を渡そうと思っていた。

「昇格したの？」

カリンはリーナの制服を見て驚いた。

「侍女長に呼ばれて、召使いになれました」

「大出世だわ！」

リーナは下働きになって間もない。

これほど早く昇格できるのは、間違いなく出世コースに乗った証拠だった。

「自分でも信じられません。これからも真摯に励むよう言われました」

「よかったわね。じゃあ、今夜はお祝いね」

「まだお話があります」

「待って。私は仕事で汗だらけなの。入浴してさっぱりしたいわ」

「すみません。そうですよね」

リーナはカリンと共に大浴場へ向かった。

体を洗って大きな浴槽に浸《つ》かると、カリンに話の続きを聞かれる。

他にも大勢いるせいでなんとなく話しにくいとリーナは思ったが、購買部にいたのを目撃した者が話しかけてきた。

「貴方、外部の人といたでしょう？」

「貢《みつ》がれていたわよね？　知り合い？」

「今日初めて会った方です」

侍女の休憩室を知っていそうな人を探している時に会ったこと、昇格を知るとお祝いをしたいと言い出したことをリーナは説明した。

「とても親切で優しい方に会えてラッキーでした」

「すごい美形だったたって聞いたわよ？」

「王子様みたいな人だったたって」

「もしかして、本当に王子様？」

「まさか。王族が購買部に行くわけがないでしょう？」

「でも、後宮に出入りできる人だし、貴族よね？」

「官僚かも」

「もしかして、見初められたとか？」

「玉の輿《こし》だわ！」

話が勝手に盛り上がっていく。

リーナは偶然会っただけの相手で二度と会うことはないだろうと伝えたが、周囲は全く耳を貸さなかった。

誰もが夢を見たい。そして、リーナの話は想像を膨らませるには十分だった。

話に付き合っているとのぼせそうだと感じたリーナは、浴場から脱出した。

「カリンさん、昇格祝いとしていただいたお菓子を配りたいので、もらってくれませんか？」

「リーナは本当に優しいわね」

カリンは喜び、同室者や親切にしてくれている者を優先して配るよう助言した。

「でも、夕食を先にしましょうか」

「そうですね」

リーナとカリンが食堂に行くと、リーナに注目が集まった。

リーナは不安になったが、カリンがリーナを守るように寄り添った。

「大丈夫よ。気にしなくていいわ。昇格が気になるのは当たり前でしょう？」

「そうよ。初日に注目されるのは普通だから」

「数日すればいつも通りじゃない？」

同室者やいつも親切にしてくる者が、リーナの周辺に集まった。

そして大きな声で、リーナを擁護する発言を始めた。

「ずっと休まないで早朝勤務を続けていたものね」

「本当に偉いわ！」

「真面目に努力してきたからこその昇格よ」

「礼儀作法や言葉遣いも気をつけているしね」

「頑張っているのは皆が知っているわ！」

リーナは嬉しかった。

自分を認めてくれる者がいることに感動するしかない。

夕食を食べ終わると、リーナは自分を守ろうとしてくれた者を部屋に集め、パスカルからもらった菓子をお礼に渡した。

「お菓子をもらえるなんて思わなかったわ」

「リーナが昇格したおかげね」

「ありがとう、リーナ」

笑顔が溢《あふ》れるのを見て、リーナはとても嬉しくなった。

「でも、リーナは食べなくてよかったの？」

リーナが全てのお菓子を配ってしまったことを、カリンは気にしていた。

「大丈夫です。試食用のチョコレートを一つもらったので、カリンさんが戻ってくる前に食べたのです」

「そうだったのね」

「だったらよかったわ。リーナがもらったのに一つも食べないというのもなんかね」

「お気遣いくださってありがとうございます。お菓子を喜んでもらえて嬉しいです」

リーナはにっこり微笑んだ。

「私も嬉しいわ！」

「私も！」

「お菓子を食べて嬉しくないない人なんかいないわよ！」

笑い声が部屋中に響く。

リーナは楽しくて幸せな時間を過ごすことができた。

◆◇◆◇◆

召使いに昇格したリーナの仕事は、清掃部への派遣だった。

後宮には侍女や侍従が所属する上位部と、召使いたちが所属する下位部がある。

掃除部は下位部で、その上位部が清掃部だった。

マーサと共に侍女長の部屋に行ったリーナはそのことを教えられ、派遣先の上司になるメリーネと共に清掃部へ向かった。

「ここが清掃部の部室です」

現在の清掃部は人員不足で、多くの人員が他の部から派遣されている。

侍女や侍女見習いは掃除をしない。派遣された上級召使いや召使いの管理と書類業務を中心に行っていることが説明された。

「今後の仕事については清掃部に確認して行いなさい。清掃部長は私です」

メリーネが役職者であることをリーナは初めて知った。

召使いも侍女も基本的には名前で呼び合うことになっており、役職名で呼ぶことがほとんどない。そのせいで誰が役職者なのかがわかりにくかった。

「知りませんでした。無礼なことが多々あったかもしれません。心から謝罪いたします」

「早朝に起こされたのは、非常に無礼でしたね」

「申し訳ありません」

リーナはあらためて反省しながら謝罪した。

「ですが、結果的に私は出世しました。貴方が高貴な方に関わった事件によって、前の清掃部長が辞めたのです」

副部長も厳重注意を受けただけに、新部長には選ばれなかった。

リーナが一切の責任を免れたことでメリーネも責任を問われず、新部長に選ばれた。

「清掃部長になれたので、あの時の無礼は許します」

「ありがとうございます！」

リーナは深々と頭を下げた。

「では、新しい仕事を教えます。早朝勤務で担当する場所以外にも三カ所を追加します」

合計で六カ所の掃除をリーナは担当することになった。

「掃除の時間は各部屋の掃除時間に合わせます。部屋の掃除が七時なら付属トイレの掃除も七時から行います。わかりますか？」

「わかります」

「六カ所で六時間。四時間残るので、トイレの巡回をしてもらいます」

確認用の書類を持って二階のトイレを回り、衛生状態や備品数を確認して記入する。

全ての担当場所を巡回して記入が終わったら、書類を清掃部に提出する。

緊急事態や急いで掃除しなければならないトイレがあれば、すぐに知らせるといったことをメリーネは説明した。

「これが巡回用の確認書類です。バインダーの上に置いて記入します」

メリーネは机の上にあったバインダーを手に取ると、書類を上部のクリップに挟《はさ》んだ。

「一番のトイレから順番に回りますが、トイレのドアに番号が書かれているわけではありません。これが掃除場所と時間です。まとめておきました」

リーナは書類を見たが、全く頭に入らなかった。

「掃除と巡回を交互にすることになりますが、掃除が優先です。巡回が終わらないと勤務終了にはなりません。残業になります」

「はい」

「今日は追加された三カ所の場所と巡回ルートを教えます。地図は警備上の規則で作成できません。実際に巡回をこなしながら覚えるしかありません」

後宮は極めて重要な施設だけに、地図を見ることができる資格者が少ない。

雇用者の多くは、自分の勤務場所や生活する場所しか教えられていなかった。

「ついてきなさい」

リーナは新しく担当する掃除の場所へ向かうことになった。


昼食休憩を挟んだあと、リーナは清掃部にいる侍女を紹介された。

「他の者はまだ昼食のようね。別の機会に顔合わせをすればいいわ。ザビーネ、リーナに巡回ルートを教えてあげなさい。一番からです」

副部長のザビーネはメリーネから巡回用の書類セットを受け取ると、リーナについてくるように言った。

「ここが一番の化粧室です。巡回はここからです」

「質問してもよろしいでしょうか？」

「なんですか？」

「化粧室というのはトイレのことですか？」

「他に何があるというのです？」

化粧をする部屋かもしれないとリーナは思ったが、ザビーネの不機嫌な表情を見ると言えなかった。

「申し訳ありません。とても丁寧《ていねい》な表現だと思いまして」

「召使いは化粧をすることがないから、トイレと言うのよ」

召使いでもお化粧する人はいるけれど……。

リーナはそう思ったが、言っても仕方がないと思った。

「ここは侍女の休憩室の隣です。利用率が高いので、何度も掃除するのは迷惑になってしまいます。備品が不足していなければ二、不足していれば一の評価にします」

巡回の評価は五段階だが、単純に綺麗かどうかだけで判断するわけではない。

備品不足かどうかやトイレの利用を妨げない配慮が必要であることが説明された。

「ここは手拭き用のタオルが常備されていません。トイレットペーパーが十分にあるかどうかが重要です。落とし物もよくあります。書類に品名や特徴を書いて清掃部に提出しなさい。発見した時間も記入するといいでしょう」

「ここには時計がありません。大体の時間をあとから記入する形でもいいでしょうか？」

「巡回には時計が必要です。購買部で買いなさい」

時計を？　絶対に高価です！

リーナは心の中で絶叫した。

「ペンはありますか？」

「支給品はないのでしょうか？」

「ありません。持っていないなら購買部で買いなさい。次の場所に行きます」

「……はい」

二番の場所はすぐ近くだったが、ザビーネは中に入らなかった。

「ここは男性用なので固定値です。中に入って調べる必要はありません」

本来は侍従に協力してもらって調べるが、侍従も侍従見習いも嫌がる。協力を拒まれてしまうのがわかっているため、固定値を記入するだけでいいことになっていた。

「推測でいいということでしょうか？」

「そうです。侍従や侍従見習いが非協力的なので仕方がありません」

ザビーネは順番通りにリーナを案内して、巡回のやり方を細かく説明した。

一度で覚えられない……。

かなり大変そうだとリーナは感じた。

「自分には無理だと思っていそうですね？」

「巡回は大変なお仕事のようだと思いました」

「だからこそ、この仕事は召使いよりも優れている侍女がするのです。管理の方はセーラが担当ですが、巡回は侍女見習いのポーラがしています。ポーラだけでは回りきれないため、召使いである貴方が補佐することになったのです」

名前が出ても誰のことだかさっぱりわからない……。

リーナの頭はパンク寸前だった。

「まずは一通りやってみなさい。やれるところまでやるのです」

本来は六時間かけてする仕事だが、侍女見習いのポーラはそれ以上の時間がかかっている。

新人の召使いが時間内にできるわけがないとザビーネは思っていた。

「ルートがわからなくなったらポーラに聞きなさい。侍女ならセーラに聞きなさい」

「侍女見習いのポーラ様と侍女のセーラ様ですね」

担当者の名前だけは覚えなければとリーナは思った。

「貴方は掃除部です。掃除の仕事が優先なので、臨時の掃除が入れば巡回できなくなるでしょう。ポーラに残った分を巡回するよう伝えなさい」

「はい」

「では、十六時までにできるだけ多くの場所を回ります。終わらないでしょうが、私の勤務は十六時までです。残業はしません」

リーナの勤務時間は十七時まで。十六時以降は新規に追加された三カ所の掃除をできる範囲でしておく。

初日だけに、掃除以外の残業は免除になった。

「何か質問はありますか？」

「あります！」

リーナはすぐにそう言った。

「私は朝早くから勤務します。九時前に巡回すると書類がありません。どうすればいいでしょうか？」

「覚えておけばいいのです」

そんな簡単に言われても。

だが、相手は上級侍女の副部長。リーナは新人の召使い。

その差はあまりも大きい。言えないことが多々あった。

「無理ならメモ帳に書き留めておきなさい。時計やペンと一緒に購買部で購入すればいいのです。明日の勤務時間までに必要品を揃えておくように」

「……はい」

勤務終了後、リーナはため息をつきながら購買部へ向かった。

◆◇◆◇◆

新しい仕事に合わせ、リーナは五時半に起きた。

まずは身支度をして朝食を済ませ、すぐに巡回の仕事を開始した。

リーナは時間が気になり、昨日買ったばかりの時計を見た。

「刻々と借金が増えそう……」

購買部で最も安い時計だが、リーナにとっては相当な高級品。

インクが切れそうなペンも新しく購入したため、着々と借金が増えているのは確実だった。

「仕事に集中しないと！」

番号通りにトイレを確認して記入するだけのせいか、巡回の仕事はサクサクと進んだ。

思っていたよりも簡単そうだと感じながらリーナは時計を見た。

「借金を増やしたくないのに……」

本音と一緒に、ため息も出てしまう。

「それよりも時間！　もうすぐ七時だわ」

七時から八時は緑の控えの間が掃除される予定で、リーナも緑の控えの間に行かなければならない。

緑の控えの間はもともと早朝に掃除していた場所で、掃除の必要があまりない。

さっさと掃除を終わらせて巡回に戻ろうとリーナは思った。

「おはようございます」

リーナはしっかりと頭を下げ、緑の控えの間を掃除している者たちに挨拶をした。

「これから同じ時間にトイレの掃除をすることになりました。よろしくお願いいたします」

「さっさと仕事をしなさい」

監督する侍女がそう言った。

一礼したリーナはトイレに向かい、手早く掃除を終わらせた。

だが、控えの間の掃除はまだ終わっていなかった。

「あの、お伺いしたいことがあるのですが、よろしいでしょうか？」

リーナは監督役の侍女に声をかけた。

「何？」

「私が担当する掃除は終わりました。別の仕事に行こうと思うのですが、よろしいでしょうか？」

「隣の掃除は私の監督対象ではないの。いちいち許可を求める必要はないわ」

「わかりました。では、失礼いたします」

早朝勤務とは違って通常勤務時間に掃除をすると、他の人々と会う。

リーナはかなりの緊張を感じていた。

「時間は……」

時計を見た途端、借金を思い浮かべてため息が出てしまう。

なんとか気持ちを切り替えながら、リーナは次の予定を思い出した。

九時までは巡回の続きだが、そのあとは新規に追加された場所の掃除がある。

そのあとは巡回の続き。清掃部に行って巡回用の書類をもらう必要もある。

昼食前に必ず巡回書類をもらおうとリーナは思った。

「やっぱり新しい場所は大変だわ」

赤の控えの間のトイレ掃除は、複数の個室があるせいでかなりの時間がかかった。

水を入れるタンクの掃除をしっかりしていない。汚れが落ちない場所もあることから、個室のドアに使用禁止の札を出すことになった。

金の控えの間のトイレも、同じ状況。

リーナは全ての個室に使用禁止の札を出すと、巡回書類をもらうために清掃部へ急いだ。


「おはようございます」

リーナが清掃部に顔を出すと、部屋中の視線が集まった。

「巡回書類を受け取りに来ました」

「ここよ」

書類とバインダーを取り出したのは、初めて会う侍女だった。

「失礼ですが、セーラ様でしょうか？」

「そうよ。これからは私が上司です。バインダーは私のところに受け取りに来なさい」

「はい」

「ペンはある？」

「昨日、購買部で買いました」

「メモ帳は？」

「あります」

「時計は？」

「必要だと聞いて買いました」

セーラは満足そうに頷いた。

「その通りよ。一人で仕事をする者には必須だわ。ではこれを」

リーナはバインダーを受け取った。

「セーラ様、早速報告があるのですが、よろしいでしょうか？」

「まずは書類に記入しなさい。報告はそれからよ」

先に巡回しておいた場所の情報をリーナは記入した。

「すみません。掃除中に忘れてしまった部分があるので、あとでもう一度確認します。ご報告したいのは、臨時の掃除が必要な場所があることです」

「見せなさい」

リーナの書き込んだ内容を見たセーラは首を傾げた。

「赤の控えの間？　午前中に掃除をするはずよ。なぜ臨時の掃除が必要なの？」

「水を入れるタンク部分の掃除に時間がかかりました。どうしても汚れが落ちない場所もありました」

掃除の予定時間が過ぎてしまったため、個室は使用禁止にした。

他の場所の掃除が終わったあと、再度掃除するつもりであることをリーナは説明した。

「前任者がしっかりと掃除していなかったということね？」

「普通に見える部分は綺麗です。ただ、見えにくい部分もあるので……」

「そういうところも、しっかり掃除するのが仕事です。貴方は新人ですが、汚れていることに気づきました。きちんと隅々まで掃除しようと思えば気づけたはずなのです」

セーラの表情と口調はきついものになっていた。

「これまでそういった報告はありませんでした。前任者が気づいていなかったか、汚れたまま放置していたということです」

前任者の不真面目さは清掃部中に知られていたため、手抜き掃除をしていたのだろうとセーラは推測した。

「よく気づきましたね。これからもしっかり報告しなさい。どれほど細かいことでも構いません。わかりましたね？」

「わかりました」

「金の控えの間も、赤の控えの間と同じですか？」

「同じです。こちらは全ての個室を使用禁止にしました」

現在はトイレが全く使えない状態ということになる。

セーラの表情はより険しくなった。

「控えの間は外部の者が利用します。掃除を完璧にしておかなければ、後宮の責任を問われます。この件については厳しく対応します。白の控えの間も同じかもしれません」

追加になった三カ所は全て同じ者が担当していた。

「このままでは巡回が終わらないでしょう。貴方は一枚目の書類にある場所だけを巡回しなさい。二枚目以降はポーラに巡回させます」

今後は一週間ごとに一枚分の巡回場所が追加されることになった。

「一カ月後には四枚全ての場所を巡回できるように頑張りなさい。掃除が優先ですので、巡回が難しい状況であればポーラにさせます」

セーラは赤と金の控えの間の評価を訂正した。

「前任者のせいで貴方の評価が悪くならないように、今回だけは特別に内容を書き換えました」

「ご配慮いただきありがとうございます」

リーナはしっかりと頭を下げて、お礼を伝えた。

それを見たセーラは礼儀作法をわかっていると感じて頷いた。

「使用禁止の個室は再度掃除が必要です。あとでしておきなさい。その際は控えの間が使われていないかどうかを確認してから入りなさい」

「ノックをすればいいのでしょうか？」

「そうですが、一応は接客部に行って利用予定がないかどうかを確認しておきなさい。場所がわからなければ、侍女見習いに聞けばいいでしょう」

次々とセーラは指示を出した。

「バインダーは持っていても構いませんが、書類は封筒に入れて郵送しなさい。清掃部の私宛です。翌朝には私に届きます」

前にも郵送での報告をしていただけに、同じやり方だとリーナは思った。

「他になければ仕事に戻りなさい」

「はい。失礼します」

リーナは急いで巡回に向かった。

◆◇◆◇◆

数日後。

リーナが新しく掃除担当になった場所の前任者が解雇された。

担当場所の掃除をしっかりと行っていなかったことが、リーナの報告で明らかになったのがきっかけだった。

前任者には借金があった。多額で返済できず、投獄されたようだという噂が流れた。

後宮における処罰は、通常法よりも後宮法が優先されるために厳しい。

借金を返済できなければ、犯罪者と同じになってしまう。最悪の場合は処刑になるのではないかと誰もが思っていた。

前任者が解雇されたばかりか投獄されてしまったのは自分のせいだとリーナは感じ、胸が苦しくなった。

清掃部において、リーナの行動は正しく素晴らしいと褒められていた。

前任者が仕事を真面目にしていなかったのが悪い。自己責任だという判断だった。

仕事をきちんとしていないばかりか、多額の借金をするほど生活が乱れていた。信用が落ちるのは当然だろうと言われていた。

一方、掃除部内の反応は違った。

今回のことは他人事ではない。自分自身にもあり得ることだった。同僚や仕事の関係者の報告がきっかけで解雇され、投獄されてしまうかもしれない。

リーナは上位部である清掃部の手先、スパイだと思われてしまった。

年齢が若いリーナの早過ぎる出世に嫉妬する者も多くいたことが、悪影響を及ぼした。

徐々にリーナは孤立していった。

何かと相談に乗ってくれたカリンや同室者たちも、リーナとは少しずつ距離を置いた。

下働きは召使いよりも階級が低い。召使いたちに睨《にら》まれるのは危険だった。

部屋にいる時はリーナを励ましてくれるが、部屋の外では一緒に行動しない。階級差があることを理由にして、入浴や食事も別にするようになった。

リーナもカリンや同室者たちに迷惑をかけないように、自分だけで行動するようになった。

二階以上で働く召使いや上級召使いは、地下や一階で働く者からは敬遠されやすい。

出世コースに乗れた者とそうでない者の差は大きく、自然と距離ができていた。

リーナもそのことを知っているだけに、二階の勤務になった以上は仕方がないと感じた。


しばらくすると、リーナは部屋を移動することになった。

下働き見習いの新人が増えるのが理由で、最初から部屋代が高い二人部屋に入れるわけにはいかない。

そこで若くして出世したリーナが二人部屋に移り、新人を四人部屋に入れることになった。

「また借金が増える……」

リーナの心につらい気持ちが込み上げ、涙になって溢れ出した。

努力している。真面目に頑張っている。さまざまな工夫をしている。

だが、後宮での生活は何かにつけて有料だ。倹約しても、どんどん借金が増えてしまう。

そんな状況をリーナはずっと苦しいと感じてきた。


――借金の返済なんて無理よ。考えるだけ無駄だわ。

――なんとかなるわよ。

――現在がよければいいのよ。明日以降のことは明日になってから考えればいいわ。


同じように借金を抱える人々がどう思っているかを、リーナは知っていた。

私も借金を気にしないようにしないといけないのに……。

真面目な性格だからこそ、借金が気になって仕方がない。

どん底まで落ちてしまいそうな気持ちを、懸命に持ち上げようとしたリーナはふと思いついた。

「ご褒美を買えばいいのかもしれない？」

リーナの知っている人々は、給与が出ると一カ月頑張った自分へのご褒美として買い物を楽しんでいた。

借金になるのはわかっている。それでも欲しい。買いたい。自分を励ますために必要だという考え方をしていた。

「私も自分を励ましたい」

リーナは終業後に購買部へ行ってみることにした。


後宮にある購買部は多くの商品を扱っているため、かなりの広さがある。

その中をリーナはうろついていた。

いつもは買わなければいけない状況になって購買部に来る。何を買うかは既に決まっており、一番安いものを探して買えばいいだけだった。

今回は違う。何を買うかは決めていない。自分を励ますために、一つだけ好きなものを買ってみようとリーナは思った。

「さっきからずっとうろついているわね。困っているなら相談に乗るわよ？」

リーナは購買部の販売員に声をかけられた。

「何を買うか迷っています」

「自分用？」

「自分用です」

「だったら好きなのを買えばいいでしょう？」

「それが難しいのです。ずっと倹約していたので、いざ好きなものを買うとなるとどれにするか決めることができなくて」

販売員は、じろりとリーナを見た。

「何歳なの？」

「十八歳です」

「何かと欲しくなる年頃ね？」

無言で俯くリーナを見て、販売員はため息をついた。

「おすすめはお菓子よ。一番手軽だし価格も安いわ。買っても後悔しにくいわよ」

「買っても後悔しにくい？」

「どう見ても嬉しそうじゃないわ。給与日でもないし、落ち込んでいる自分を励ましたくて何かを買いに来たんじゃないの？」

さすが販売員だとリーナは思った。

「ペンなら実用的よ。アクセサリーを買う者もいるわ。贅沢な気分になれるでしょう？」

「ペンは持っています。贅沢をする気はないので、アクセサリーはいらないです」

「服を買えば？」

「休日がないので私服はいりません」

「寝間着は？　素敵な寝間着なら、良い夢を見られるかもしれないわ」

そうかもしれないとリーナは思った。

「さっきからこの辺りをうろついているわよね。こっそり盗もうとしていると勘違いされたくなければ、別の売り場に行きなさい」

リーナは驚いた。

「盗むなんてしません！」

「うろついている者には念のために注意しないといけないのよ。とにかく移動してくれる？」

「わかりました。ご助言をありがとうございました」

販売員は丁寧《ていねい》に頭を下げるリーナを見て、真面目な性格のようだと思った。

「他の売り場でもうろうろしていると、同じように注意されるわ。ある程度買うものを考えてから購買部に来るといいわよ」

「そうですよね。本当にすみません」

「廊下から売り場の様子を見るのは大丈夫よ。人を探しているだけかもしれないでしょう？売り場の中でずっとうろつきながら商品を見ていなければいいのよ」

「気をつけます」

リーナは寝間着を見に行くことにした。

「ちょっといいかしら？」

寝間着を見ていると、リーナは別の販売員に声をかけられた。

「寝間着が欲しいの？」

「買ったらどうかと言われたので」

「じゃあ、これはどう？」

販売員は次々と違う寝間着を見せ、詳しく説明した。

親切な販売員だとリーナは思ったが、寝間着を買う気にはなれなかった。

「すみません。やっぱり寝間着はやめておきます」

「そう。ところで、成長していない？」

「成長ですか？」

「胸とかおしりとかウェストとか。体が大きくなっていない？」

リーナは成長の意味を理解した。

「……まあ、そうですね」

「成長期は体つきが変化するわ。服や下着のサイズはちゃんと合わせてね」

販売員はサイズの合わない服装によって、体調不良や発育不良になることを説明した。

「サイズを測ってみましょうか。知らない間に意外と増えているものなのよ」

リーナは試着室でサイズを測ってもらった。

「今の貴方には新しい下着が必要だわ。必要なものを先に買うべきじゃなくて？」

「そうですね」

「どんなものにしましょうか？　少しだけ贅沢をしてみる？」

「一番安いのがいいです」

いつも通り一番安い商品をリーナは購入した。

必要品でもご褒美でも買えば借金が増える。嬉しい買い物でなければ喜べない。自分を励ますこともできない。

リーナは廊下でため息をついた。

「リーナ？」

突然名前を呼ばれたリーナは、びくりと体を震わせた。

「久しぶりだね。僕のことを覚えているかな？」

声をかけてきたのは、二度と会わないだろうと思っていたパスカルだった。

「ご無沙汰しております。パスカル様においては、ご健勝のようでなによりでございます」

「礼儀正しいけれど、すごく硬いね。マニュアル通りって感じだ」

その通りです……。

リーナはマーサから見せられたマナー本通りに挨拶しただけだった。

「身分や階級は大事だけど、今は普通に話してほしい」

「わかりました」

「元気だった？　半年は会っていない気がするよ」

「そんな気がします」

「それなりに購買部には来ていたつもりだけど、会わなかったね」

「そうですね」

「でも、今日は会えたね。何か購入するものがあったのかな？」

言えない……。

借金が増えていくことに耐えきれず、自分を励ますために何か買おうと思ったこと。結局は必要品を買い、またしても借金が増えて落ち込んでいたこと。

元気を出して頑張らないといけないのに……。

リーナは自分の弱さを痛感した。

パスカルはリーナの思い詰めたような表情を見て、何かありそうだと感じた。

「大きい袋だね。服かな？」

「成長してサイズが変わったのです。新しい服が必要になってしまいました」

「僕も成長したい。先輩も上司も長身で優秀だ。頑張っているつもりだけど、うまくいかないこともある。それが普通だと言われても気になってしまうよ」

パスカルはリーナを励ましたくてそう言ったが、リーナは俯いたままだった。

「リーナはダイエットをしようと思っている？」

「いいえ。太ったと思われたのでしょうか？」

「そうじゃない。前よりも健康そうでいいと思ったから、ダイエットをする必要はないって言いたかったんだ。よかったらお菓子をもらってくれないかな？」

パスカルはポケットから飴を何個も取り出した。

「全部イチゴ味だけど、いいかな？」

「よろしいのですか？」

「そろそろ他の味にしたい。もらってくれると助かる」

「とても嬉しいです」

ようやくリーナが笑顔になったのを見て、パスカルはよかったと思った。

「僕も嬉しい。リーナに再会できたからね。甘いものを食べると元気が出る。飴で気分を変えるといいよ」

パスカルは次々とポケットから取り出した飴をリーナに渡した。

「時間がないから行くよ。またね」

パスカルは急ぎ足で行ってしまった。

後宮の門は二十四時に閉鎖される。

後宮から出られなくなってしまわないように、外部の者は急いで門をくぐらなければならない時間になっていた。

リーナは手のひらに載っているたくさんの飴を見つめた。

「ありがとうございます、パスカル様」

飴と一緒に励ましの気持ちをもらったとリーナは思った。

まだまだ元気を出せる。頑張れる。借金にも自分にも負けたくない！

強い気持ちが湧き上がり、不安と迷いを吹き飛ばした。

リーナは自分を励ますことに成功した。

第三章　新しい道を切り開いて

「セーラ様、早朝勤務を許可してください。そうすればもっと巡回ができます」

リーナは仕事について一生懸命考え、早朝勤務をすれば解決するのではないかと思った。

「早朝勤務はできません」

控えの間の接客業務は侍従になっているため、早朝勤務で掃除をするには侍従側の許可が必要になることをセーラは説明した。

「メリーネ様、早朝勤務の許可をいただけませんか？」

「侍女長が許可しません。諦めなさい」

リーナは諦めなかった。侍女長に直談判《じかだんぱん》をした。

「早朝勤務をさせてください。できるだけ早く借金を返済したいのです」

「却下します。侍従側の許可が出ません」

侍女長に却下されてもリーナは諦めなかった。

今度は侍従長のところへ直談判に行った。

「侍従長、お願いです。早朝勤務を許可してください！」

リーナは土下座した。

「借金を返済するためには早朝勤務が必要です。残業のせいで夕食や入浴の時間がなくなるのも困ります。どうかお願いいたします！」

リーナの訴えには熱意がこもっていた。理由もわかりやすい。

真面目な性格のせいで、借金を抱えていることがつらいのだろうと侍従長は思った。

「早朝勤務をするかどうかは侍女長の権限だが？」

「控えの間に付属するトイレを早朝勤務で掃除したいのです。そのためには侍従側の許可が必要だと聞きました。以前は早朝勤務で掃除をしていた場所なので、大丈夫なはずです」

侍従から掃除担当者への連絡がなかった件で、侍従長は後宮監理官から叱責されたことを思い出した。

「緑の控えの間は無理だ」

「それ以外の場所なら大丈夫ですよね？」

「まあ、そうだな。緑の控えの間以外は早朝に掃除をしても構わないだろう」

「寛大なご判断に心から感謝いたします！」

リーナは早速、そのことを侍女長とメリーネに伝えた。

その結果、青と黒の控えの間の二カ所については早朝勤務の許可が出た。

リーナの努力は新しい道を切り開いた。

早朝勤務は三時から始まる。

リーナは三時ぴったりに部屋を出ると、青の控えの間へ急いだ。

廊下を走ってはいけないことになっているが、この時間は基本的に誰にも会わない。

一応は、急ぎ足だと言い訳できる程度の速さにした。

青の控えの間のトイレ掃除が終わると、次は付近にあるトイレの巡回を開始した。

これまでは空いている時間に一番から順番に巡回をしていたが、巡回の順番と掃除場所の時間が合わない。

行ったり来たりを繰り返すのは、労力的にも時間的にも無駄が多い。

掃除とその付近の巡回をセットで行えば、何度も同じ場所へ行く必要がないことにリーナは気づいた。

「清掃部や食事に行く時も無駄にしないようにしないと」

リーナはせっせと巡回業務をこなした。

「すごい！　たくさん巡回ができているわ」

通常勤務が終わる十七時に確認すると、これまでよりも多くの場所を巡回することができていた。

「もっと工夫して、時間内に全ての巡回をできるようにしていかないと」

リーナは郵便ポストに書類を入れると、今度は急いで夕食に向かった。

◆◇◆◇◆

新しい巡回ルートへの変更は、確実に時間を短縮できていた。

書類の二枚目にある場所までであれば、十七時までにほぼ終わる。

しかし、ポーラが担当している三枚目と四枚目にある場所も追加されるのがわかっているだけに、全ての場所を巡回できるような工夫を考えなければならない。

リーナはポーラに会って巡回ルートの相談をすることにした。

「ポーラ様、お仕事の件でお話があるのですが」

侍女見習いの休憩室にいたポーラは、すぐに不機嫌そうな顔をした。

「待って！　ここだと情報漏洩になってしまうかもしれないから他の場所で話すわ」

ポーラは少し先のトイレへ移動すると、廊下に使用不可の立札を置いた。

「それで？」

「ポーラ様は二階にあるトイレの巡回をされているはずです。休憩しているということは、既に巡回を終えているのでしょうか？」

「まだよ。足が痛くなってしまったから休憩していたの」

「そうでしたか。私は掃除部のリーナです。ポーラ様と同じ仕事をしています」

「貴方だったのね！」

突然、ポーラは怒りの形相《ぎょうそう》になった。

「貴方が無能だから巡回業務から解放されないじゃないの！」

貴族としてのプライドが高いポーラは、自分の仕事に対する不満を募らせていた。

「私は貴族なのよ！　仕事がトイレの巡回だなんて汚らわしいわ。足も疲れるし最悪よ！」

「申し訳ありません」

冷静に話し合うためには、ポーラの怒りを静めなければならないとリーナは思った。

「ポーラ様にご迷惑をおかけしたくはないのですが、巡回するための時間がないのです」

「掃除が遅いのよ！　ダラダラしないでさっさとしなさいよ！」

「急ぐようにしているのですが、汚れていなくても掃除をしなければいけないので」

「なんですって？」

ポーラは驚愕した。

「汚れていないのに掃除しているの？」

「埃《ほこり》がたまるといけないので、予防の掃除をすることになっています」

「馬鹿じゃないの！」

ポーラの怒りは沸点に達した。

「掃除は汚れているところをすればいいのよ！　汚れていないところはする必要がないの。そんなこともわからないの？　理由をつけて楽をしているのね！」

「違います。掃除部では埃がたまらないように予防の掃除をすることになっているのです」

「言い訳だわ！」

ポーラは持っていた巡回用のファイルをリーナに押しつけた。

「そんな余裕があるなら、こっちの仕事をして！　これは命令よ！」

ポーラは怒りをまき散らしながら、トイレを出ていった。

リーナはため息をつくと、ポーラの残していったファイルを見た。

あと二か所……これだけならすぐ終わるのに。

なぜ休憩する前に巡回を終わらせてしまわないのか不思議に思いながら、リーナは巡回に向かった。

十五時半頃になると、リーナは清掃部にいるセーラに報告をして指示書を受け取った。

「リーナに話があります。先ほどポーラが来ました。貴方が仕事をサボっていると主張していました。どういうことか説明しなさい」

「実は……」

できるだけ多くの巡回を勤務時間内にこなせるように考えているが、なかなか難しい。

そこでポーラに相談することにした。

すると、ポーラはリーナの掃除が遅いからだと指摘した。

予防の掃除について説明すると、ポーラは怒って巡回命令と共にファイルを押しつけてきたことをリーナは説明した。

「そうでしたか。ポーラの勤務態度には問題があるのですが、今回の件に関してはリーナにも考えるべき点がありそうです」

セーラは予防の掃除の部分が気になった。

「隅々まで掃除するのはいいことですが、汚れていないのに掃除をする必要はありません」

「でも、掃除部は汚れていなくても掃除をします。未使用で綺麗に見える状態であっても空気を入れ替え、埃が溜まらないように軽く拭き掃除をします。巡回よりも掃除を優先することになっているはずですが？」

リーナは掃除をするために派遣され、掃除部のルールとやり方を守っている。

巡回は時間調整のための追加だけに、掃除を優先するのは当然のこと。

リーナの言い分の正しさをセーラは理解できた。

しかし、ポーラはプライドが高くて不真面目な見習いだけに使いづらい。真面目で信頼できるリーナに巡回を任せたいというのが、セーラの心情だった。

「掃除が優先なのはわかっています。ですが、予防掃除は毎日必要ですか？　場所によっては数日おきでもいいのでは？」

「清掃部の管轄する場所において、予防の掃除は数日おきにするということでしょうか？」

「そうしなさい。できるだけ巡回を多くこなしてほしいのです」

「わかりました。では、明日からそうしてみます」

セーラはリーナの返事を聞いて安心した。

「リーナが頑張っているのは知っています。個人的には、掃除部から派遣された者の中で一番優秀だと思っています」

掃除部から派遣された者は教えられた通りの仕事しかしない。リーナのように自分の担当する仕事について真剣に考え、率先して改善しようとする者はいなかった。

一人でする仕事はサボりやすく、言い訳もしやすい。

掃除の手抜きを予防するために巡回の仕事を追加したが、リーナは掃除も巡回も真面目にこなしている。

清掃部内におけるリーナの評判はとても良かった。

「最近の残業時間は少ないようですね？　封筒にある受付時刻印が早くなっています。これからも工夫を心掛け、担当する仕事をしっかりこなしなさい」

「はい！」

「私も工夫を心掛けます。明日から清掃部への報告と掃除部への指示書の通達は、ポーラに任せることにします」

十五時以降、リーナは侍女見習いの休憩室に行く。

ポーラが休憩と合わせて待機しているため、臨時で掃除が必要な場所を伝える。

清掃部への報告や掃除部への指示書の通達はポーラがするため、リーナは巡回に戻れることをセーラは説明した。

「ポーラに報告したあとは指示書を出せないので、掃除は翌日です。水漏れなどの緊急を要する状況であれば、直接報告しにきなさい」

「わかりました。では、失礼します」

「待ちなさい」

退出しようとするリーナに、メリーネが声をかけた。

「セーラが考えた変更は有効そうです。明日からではなく今日からにしなさい。リーナが巡回する時間を少しでも増やしてあげなさい」

「わかりました。指示書は私からポーラに渡します。巡回に行きなさい」

「メリーネ様、セーラ様、ご配慮いただきありがとうございます。これからも頑張ります！」

礼儀正しく頭を下げるリーナに、メリーネとセーラは満足そうに頷いた。

◆◇◆◇◆

これまでのリーナは巡回に対する工夫を試みてきたが、他のことについても改善できる点はないかを考えてみることにした。

「備品の数を確認しやすくするといいかも？」

リーナは適当に積み重ねられていたトイレットペーパーを端からきっちり揃え、十個ずつのまとまりになるようにした。

見た目も綺麗に揃うだけでなく、倍数を使った計算によって早く数えることができる。

タオルも同じ。十枚ずつ手前になる部分を折り目と端部分で交互にして数えやすくした。

最初だけは並べ替える手間がかかるが、次からは数えるのが楽になるのではないかとリーナは期待した。

十五時になると、リーナは侍女見習いの休憩室にいるポーラに会いに行った。

「ポーラ様のおかげで改善すべき点に気づくことができました。ありがとうございました」

頭を下げるリーナを見て、ポーラはその通りだと思いながら頷いた。

「今日はどこまで終わったの？　何番？」

順番通りに巡回していないリーナは、どう答えるべきか迷った。

「全然終わっていないようね。掃除のやり方を変えていないの？」

「変えました。掃除は早めに終わったのですが、備品の確認に時間がかかっています」

「どうせ真面目に数えているんじゃないの？」

「えっ？」

キョトンとするリーナを見て、ポーラはわかっていないと思った。

「あんなのは大体でいいのよ。真面目にやるだけ損なの。パッと見て十個ぐらいって思ったら十個でいいのよ。賢くサボらないとやっていられないわ！」

ポーラの勤務態度には少し問題があるとセーラが言っていたことを、リーナは思い出した。

たぶん、こういうところかも……、
ポーラは二カ所を残して休憩していたことがあった。

本当はすぐに終わるが、わざと少しだけ残して休憩した。終業時間の十六時までの時間調整として賢くサボっていた。

セーラはそのことを把握していたため、報告の仕方について変更した。

休憩室で時間を調整しているポーラに報告と通達業務を任せ、しっかり働かせることにしたのだろうとリーナは思った。

「さっさと巡回に行きなさい」

「では、失礼します」

リーナは巡回に戻ったが、備品を並べるのに時間がかかってしまった。

このままでは夕食や入浴の時間に間に合わなくなるかもしれないため、自室の木箱に書類を入れて鍵をかけた。

昼食時には仕事を中断できるため、夕食時も途中で中断できるはずだと考えることにした。

夕食と入浴を済ませると巡回に戻る。

仕事が終わったのは二十四時過ぎ。三時からはまた勤務。二時間程度しか眠れない。

リーナは郵便ポストに書類を入れると、自室のベッドに倒れ込んだ。

「眠い……」

リーナは閉じそうになる瞼《まぶた》を懸命にこじ開けながら、早朝勤務に向かった。

青の控えの間を掃除する必要はない。予防の掃除も必要ないと判断したため、備品のチェックだけを行った。

「やっぱり綺麗に並べ替えてよかった！」

備品数を確認する手間が大幅に減り、リーナの仕事は順調に進んだ。

そして終業後、自室に座ったリーナは座り込んだ。

「疲れた……」

睡眠時間が少なかったせいで疲れが急激に押し寄せたが、リーナの心にはそれをはるかに上回る充実感があった。

工夫と改善の効果が出ており、着実に巡回の時間を短縮することができている。

「今日はとても頑張ったので、ご褒美をもらえることにします！」

リーナが木箱から取り出したのは、大切にしている宝物。

パスカルからもらったイチゴの飴だった。

◆◇◆◇◆

早朝、あくびをしながらリーナは掃除場所へ向かった。

臨時の掃除があったせいで昨日は遅くまで残業しなければならず、睡眠時間が少なかった。

眠気のせいでぼんやりしていたリーナがドアを開けると、目に入ったのは男性の姿だった。

「何者だ？」

リーナは状況がすぐに把握できなかった。

「……お部屋を間違えてしまいました。大変申し訳ございませんでした！」

リーナは謝罪してドアを閉めようとした。

「待て！　何者だと聞いているのに答えないつもりか？」

リーナは質問に答えていなかったことに気づき、ドアを閉めるのを止めた。

「掃除部のリーナと申します。青の控えの間に行くつもりでした」

「ここは緑だ」

「申し訳ございません」

リーナは深々と頭を下げて謝罪した。

よりによって、使用中の部屋に来てしまうなんて……。

以前は緑の控えの間から掃除していたせいで、リーナは部屋を間違えてしまった。

「お前は……トイレ掃除に来たのか？」

「そうです」

リーナは相手の顔をじっと見つめた。

金の髪と銀の瞳には、特別さを感じさせる美しさがあった。

リーナのようにくすんだ金でも、曇り空のようにどんよりとした灰色でもない。

意志の強さを感じさせる整った容貌。高貴な身分を表すオーラ。

リーナは過去にも同じような印象を持つ者に会った気がした。

「クオン様？」

一年ほど前、緑の控えの間で会った男性ではないかとリーナは思った。

「以前は下働きだったか？」

「そうです。クオン様にお会いしたあと、召使いに昇格しました」

「あの時の者か。服装や印象が違うためにわからなかった」

クオンもリーナのことを思い出した。

「お久しぶりでございます。またしてもドアをいきなり開けてしまいました。あらためて謝罪申し上げます」

「謝罪を受け入れる。ドアを閉めて、こっちに来い。話がある」

リーナは部屋の中に入ると、ドアを閉めた。

「久しぶりだな。元気か？」

「まあまあ元気です」

「体型が変わった気がする。前はもっと痩《や》せていた。後宮の生活はどうだ？　昇格して少しは待遇が良くなったか？」

「良くなりました。一日三食になりました」

「以前は違ったのか？」

「以前は二食でした」

「どんなものを食べている？」

「スープとパンです」

「他には？」

「ないです」

クオンは怪訝な顔をした。

「肉や果物はないのか？」

「肉はスープの中です。運が良ければ入っています。召使いの食事に果物はつきません」

「召使いの食事は質素なようだ」

「そんなことはありません。大きなパンがもらえますし、いろいろな野菜がスープの中に入っています。豪華ですよ？」

「そのような食事を豪華とは言わない。貧しい環境で生まれ育ったのか？」

「生まれは貧しくありません。でも、両親が死んだあとは孤児院で育ちました。その時に貧しい生活を経験しました」

「そのせいか」

クオンは納得した。

「給与は上がったか？」

「上がりました。十八万ギニーになりました」

リーナは昇格したことで新しい仕事を任されたこと、工夫を重ねたことで評価され、給与が上がったことをクオンに伝えた。

「頑張っているようだ。お前は真面目なだけに借金はなさそうだな」

「借金はあります」

「どのぐらいだ？」

言いにくい……かなりの額だし。

リーナは別のことを言うことにした。

「クオン様とお話できるのは嬉しいのですが、時間内に仕事を終わらせないといけません」

「そうだった。仕事をしていい」

「ありがとうございます」

リーナはこれで仕事に行けると思いながら頭を下げた。


リーナは青の控えの間に行くと、急いでトイレ掃除を開始した。

掃除とはいっても綺麗かどうかを確認したあと、手洗い場を拭くだけ。備品も全く減っていない。数えるのもあっという間だ。

「終わりです」

リーナは同行したクオンに、そう言った。

「床の掃除はしないのか？」

「使われた形跡がありません。状況に合わせて必要な掃除を判断します。他の仕事もあるので、埃を予防する掃除は数日置きにすることになりました」

「そうか」

クオンは手を差し出した。

「ノートを見せろ」

「はい」

クオンはノートの内容を確認すると、記入されていることについて質問した。

リーナはどのようなことをノートに記入しているか、その判断基準も合わせて説明した。

「このあとは場所を移動するのか？」

「移動します」

リーナはクオンからノートを受け取ると、次の掃除場所へ向かった。


六時になった。

仕事は一旦《いったん》終了だった。

リーナはノートのページをめくった。

「何を書いた？」

クオンはずっとリーナが仕事をする様子を見ていた。

「早朝勤務中に掃除した部屋の数と巡回したトイレの数です。残業が多いので、もっと早く終わるように工夫しないといけません。途中で忘れてしまうのを防ぐため、仕事のことや思いついたことをノートにつけています」

クオンはリーナの書き込みを覗き込んだ。

「最後に書いてある時間は？　就寝時間か？」

「郵便ポストに報告書を入れた時間です。これで勤務が終了になります」

ノートの日付は毎日分ある。

リーナが休みなく勤務していることをクオンは知った。

「これは？」

「臨時の指示が出て、掃除が追加されたことを表します。私は掃除部なので、巡回よりも掃除を優先することになっています」

「なるほど」

クオンは頷いた。

「このノートを見れば、真面目に仕事をしていることがよくわかる。質問にもすぐに答え、しっかりと説明していた。真摯に励んでいる証拠だ」

褒められたと感じたリーナは嬉しくなった。

「私にはなんの能力もありません。取柄《とりえ》は真面目に努力することぐらいなので」

「学校には行ったのだろう？　得意な科目はなんだった？」

「学校には行っていません。孤児院で教わることになっていたので」

「読み書きや計算はできるようだな？」

「できます」

「就職するための技能訓練があったのではないか？　女性であれば掃除、洗濯、料理、裁縫《さいほう》や刺繍などを教わるかもしれない」

「孤児院の手伝いをしながら、そういった訓練もしました」

リーナのいた孤児院では、日常生活の手伝いが技能訓練ということになっていた。

「私は高度な教育を受けたが、掃除も洗濯も料理もできない。そのような職業であれば、お前の方が優れた能力を持っている。もっと自分に自信を持て」

リーナは目を見張った。

優れた能力があると言われたのも、自分に自信を持てと言われたのも初めてな気がした。

「でも……できるだけです。全然、普通です。私よりも優秀な人はたくさんいます」

「一流の技能者ではないのかもしれない。だが、誰でも最初はわからない。できないところから始めている。少しずつ能力を向上させていけばいい」

クオンの口調も雰囲気も温かい。

励ましてくれているのだとリーナは感じた。

「真面目に努力するのは素晴らしいことだ。その気持ちがなければ向上していけない。これからも真面目に頑張ってほしい」

「はい。頑張ります！」

クオンは頷いたあと、聞き忘れていたことを思い出した。

「郵便ポストに報告書を入れた時間を書いていたな？　後宮では郵送で報告書を提出するのか？」

「清掃部は十六時、掃除部は十七時で部室が閉まってしまいます。それ以降は残業になるので、重要書類や報告書は封筒に入れて郵送します」

「毎日残業をしている。誰かに手伝ってもらえないのか？」

「私は清掃部に派遣中で、担当の仕事は一人でするように言われています。能力があればできるはずなので、努力するよう言われています」

後宮の住み込み者は生活が保障され、多種多様な品が揃っている購買部でツケ買いができるだけに高待遇だと言われている。

だが、リーナから聞いた食事内容や給与を考えると、高待遇とは言えない。

クオンはこれまで以上に後宮の内情が気になった。

「何か書類を持ってないか？」

「書類ですか？」

「勤務に関するものや、後宮が発行している書類だ」

「九時に清掃部に行けば、巡回用の書類がもらえます。ノートの内容を書き写すような書類です」

「違うものがいい。他にはないのか？」

「他はないです。私の仕事は基本的に掃除で、書類を扱うような仕事ではありません」

クオンは思いついた。

「給与明細は？」

「あります」

「それを持ってこい」

リーナは時計を見た。クオンと話すのに、かなりの時間がかかっていた。

「今すぐは難しいです。七時から別の場所の掃除があります。朝食をとる時間もないほどギリギリなので、これで失礼してもいいでしょうか？」

「明日の早朝、緑の控えの間に給与明細を持ってこい」

「わかりました」

クオンは胸ポケットから財布を取り出すと、紙幣を一枚差し出した。

「情報料だ。購買部で何か買えばいい」

「受け取れません」

リーナはきっぱりと断った。

「本当は勤務内容に関することをお話しすることはできません。でも、お答えしないと無礼になりそうだと思ってお話ししました。お金を得る目的であれば完全に違反です！」

「手間を取らせた。迷惑料というのはどうだ？　朝食代でもいい」

「お金の受け取りはできません。結局は報酬です」

リーナはクオンの差し出した紙幣を見た。

百ギール！

ギールは裕福な者や貴族が使う基本通貨で、平民はギニーという補助通貨を使う。

百ギニーが一ギールになるため、クオンが差し出した紙幣は一万ギニー分だった。

「ちなみに朝食代はこんなにかかりません。毎月の食費は三万ギニーですよ？」

「毎月の食費？　食費がかかるのか？」

クオンは驚かずにはいられなかった。

「そうです。給与から天引きです」

「給与から天引きだと？」

後宮で働く者の生活費は、後宮予算から出ているとクオンは思っていた。

だが、給与から天引きされているのであれば、個人で負担しているということになる。

「食費以外にも引かれているものはあるか？」

「あの、時間が……」

「とにかく受け取れ。借金があるのだろう？」

「それでも受け取れません。お心遣いに感謝します。失礼します！」

リーナは勢いよく一礼すると、くるりと背を向けて走り出した。

呼び止める声はかからない。

リーナは全速力で次の掃除場所へ向かった。

翌日の早朝。

リーナが緑の控えの間に行くと、ソファにクオンが横たわっていた。

「おはようございます」

「おはよう。持ってきたか？」

睡眠時間が不足しがちなクオンは、ゆっくりと起き上がった。

「持ってきました。これです」

リーナは給与明細の束を差し出した。

「まさか、全部持ってきたのか」

「もしかして、一枚だけでよかったのでしょうか？」

「いや、問題ない」

日々大量の書類を裁いているクオンにとっては全然少なかった。

「確認する。掃除をしていればいい」

「そうさせていただきます」

勤務時間中、別のことに時間が取られてしまうのは困る。掃除してもいいと言われたのは、リーナにとってありがたいことだった。

「クオン様、掃除と確認が終わりました」

「早いな」

「全く使用されていなかったので。備品チェックだけでした」

「質問がある。ここへ座れ」

「はい。失礼します」

リーナはクオンの隣に座った。

「お前は食費がかかると言った。生活費のことだと思うが、三万ギニーよりも多い。どのような内訳かわかるか？」

「一番古い給与明細を見てください。最初は特別な日給計算です。生活費も日割りなので、細かく計算されています。部屋代、食費といった項目があります」

クオンは一番古い給与明細の記載内容を見た。

生活費という項目はない。部屋代、食費といった細かい項目ごとに請求されていた。

「給与が月給になると、生活費も一カ月の固定額になるので、まとめて請求されます。日割りの各項目に三十をかけると、一カ月分の固定額がわかります」

「なるほど」

「途中で生活費が変更になる場合もあります。私の場合は部屋代が変わりました」

新人が入るために別の部屋に移動しなければならず、そのせいで部屋代が高くなってしまったことをリーナは話した。

「月の途中だったので、生活費から部屋代が除外されました。別計算で部屋代が請求されています。翌月からは部屋代を含めた固定額が生活費として天引きになっています」

「施設費と共益費について説明してほしい」

「施設費は食堂、トイレ、浴場などを利用する費用です。共益費というのはトイレットペーパーや石鹸の代金らしいです」

「住み込みだというのに、そのような費用まで取られるのか？　普通は雇い主が生活費を負担するのではないか？」

「私もそのように思っていたのですが、後宮では違うようです」

後宮で住み込みをしている者は、給与から生活費を引く形になっている。

生活水準が高いため、生活費も高い。給与が低いとマイナスになってしまい、自動的に借金になる。

それが後宮のルールであり常識だ。

「いずれは給与が上がって徐々に返せるはずだと言われました。購買部でツケ買いができるので、現金がなくても必要品は買えます。解雇されない限り生活が保障されています」

確かに生活は保障されているとクオンは思った。

だが、借金漬けになっている現実を直視できているのか？

いずれは給与が上がっていくとしても、借金がそれ以上に積み重なっていれば返しきれない。

「制服代も自分で負担するのか？　なんらかの事情で買い取ることになったのか？」

「制服を買い取ることはできません。制服代は借りるための費用です。未使用でも何十年使っても同じ金額なので、長い目で見ると私服勤務よりはるかに割安だと説明されました」

「制服は無料で支給されるべきだろう」

クオンの違和感は強くなるばかりだった。

私の常識や感覚がおかしいのか？　これが世間一般の常識なのか？

後宮だけではなく、王宮や騎士団が同じなのかどうかもクオンは気になった。

「この給与明細はしばらく預かる。問題ないか？」

「大丈夫です」

「掃除部の……リーナ・セオドアルイーズというのか？」

クオンは給与明細に書かれている名前を確認した。

「はい」

「珍しい家名だな」

「実は……」

リーナはなぜその家名になったのかを説明した。

おかしい。私の感覚ではだが。

それも詳しく調べてみなければわからないとクオンは思った。

「私に会ったことは秘密だ。処罰されないためにも絶対に口外するな。いいな？」

「もしかして……私は処罰されるようなことをしているのでしょうか？」

情報漏洩は処罰対象になるが、自分がリーナを庇《かば》えばいいだけだとクオンは思った。

「あえて命令にする。私の命令に背けば処罰対象だが、従えば処罰されない。命令した私の方に責任があるからだ。わかるか？」

「クオン様の命令に従って、秘密にすればいいということですね？」

「そうだ。もしかすると、またお前に聞きたいことが出てくるかもしれない」

リーナは表情を曇らせた。

「仕事があるので、多くの時間を取られたくないのですが？」

「心に留めておく。早朝勤務は青の控えの間から始めているな？　間違いないか？」

「間違いありません」

「何かあれば、青の控えの間で会う。もしくは、掃除用具の戸棚に手紙を入れておく。必ずお前が回収しろ。給与明細を返す際に連絡するかもしれない」

「わかりました。青の控えの間ですね」

「そうだ。緑の控えの間は突然使用されることがある。だが、使用中の通達がない時がある」

クオンが後宮に来ていることを秘密にするため、わざと通達をしていない。

護衛騎士もついて来るなというクオンの指示に従うため、あえて距離を置いている。

「間違えてドアを開けないようにしろ。ノックをしないでドアを開けるのは無礼だ。私は許しても他の者は許さないかもしれない。注意するように」

「気をつけます」

クオンはリーナをじっと見つめた。

「昨日の朝、お前は金を受け取らなかった。真面目で誠実な証拠だ。勤勉でもある。私はそのことを評価したい。そして、朝食を食べることができなかったことに責任を感じている。これを受け取れ」

クオンはポケットから小袋を取り出した。

「賄賂になりませんか？」

「大丈夫だ。私からもらったことは秘密だが、違反にはならない。頑張る者を応援するのは普通だろう？　これは励ましの品だ」

リーナは小袋を見つめるだけで、手を出さない。

クオンはゆっくりとリーナの手を取り、そっと小袋を載せた。

優しく気遣うようなクオンの行動に、リーナは驚いた。

「後宮の購買部で売っている菓子だ。召使いが持っていてもおかしくない。仕事が終わったあとに食べればいいだろう。甘いものを食べると元気が出る」

クオンの言葉を聞いたリーナは、確かに励ましの品だと思った。

「ありがとうございます。とても嬉しいです」

「これからも頑張ってほしい。お前の努力を評価する者が増えていくはずだ」

「頑張ります！」

「行け」

「失礼します」

リーナは一礼して部屋を出ると、青の控えの間へ向かった。

……クオン様は冷たくて厳しそうに見えるけれど、本当は優しい人みたい。

リーナは小袋をポケットにしまい、仕事に励んだ。

その日は何もかもが順調に進み、いつもより早く仕事が終わった。

夕食も入浴も済ませ、自室に戻ったリーナはドキドキしながらクオンからもらった袋を両手で持って掲げた。

「ついに中身を確認する時が来ました！」

はやる気持ちを抑えながらリーナはリボンを解き、小袋の中を覗き込んだ。

「飴だわ！」

包装紙にはレモンの絵柄がある。

絶対にレモン味だと思いながらリーナは食べてみた。

甘酸っぱい……。

予想通り、レモン味の飴だった。

黄色は幸せの色。パスカルがそう言っていたことをリーナは思い出した。

「幸せの贈り物ですね」

リーナはクオンからもらった飴を大切に食べようと思った。


次の日のことだった。

青の控えの間へ行ったリーナは、掃除道具入れの中に折りたたまれたメモ用紙を見つけた。

「早速？」

緊張しながらリーナはメモ用紙に書かれている内容を確認した。

一、戸棚の上を掃除していない。埃がたまっている。
二、固定値を記入する場合、その場所まで行く必要はない。巡回から外せ。
三、巡回ルートの順番がおかしい気がする。考え直せ。
四、ひと気がない場所で仕事をする時は注意しろ。警備も男だ。油断するな。いざという時のために逃げるルートも考えておけ。
五、このメモは誰にも見られないように処分しろ。焼いてもいいが、マッチがないと言いそうだ。細かくちぎってトイレに流せ。全部流れたかどうかを必ず確認しろ。

リーナへの助言だった。

指摘内容が鋭いだけでなく、ひと気のない場所を巡回するリーナのことを心配してもいた。

「やっぱりクオン様は優しい方だわ」

リーナの心はじんわりと温かくなった。

メモ用紙を大事に取っておきたいほど嬉しいが、指示通りに処分しなければならない。

リーナはメモ用紙を細かくちぎると、トイレに流した。

「完璧です。この方法なら絶対にバレませんね！」

リーナはクオンの優秀さを実感した。

第四章　王太子クルヴェリオン

王宮にある豪奢《ごうしゃ》な執務室で、クオンはひたすら書類にサインをしていた。

本名はクルヴェリオン。エルグラードの第一王子で王太子だ。

ノックと共にドアが開いた。

部屋に入ってきたのは、王太子の首席補佐官を務めるヘンデル・シャルゴット。

シャルゴット侯爵の跡取り孫で、ヴィルスラウン伯爵を名乗っていた。

「一瞥《いちべつ》もしないとか。不審者だったらどうするのさ？」

「護衛騎士がいる」

書類から視線を離さないクオンに、ヘンデルは通算何度目かわからないため息をついた。

友人兼側近として長きにわたり側にいるからこそ、クオンの仕事中毒ぶりにはかなりの心配をしていた。

「調査結果が出たよ。回答書もある」

クオンは書類の束を差し出した。

「これは終わった」

「届けてくる。こっちを見といて」

ヘンデルが処理済みの書類を届けてくる間に、クオンは調査結果と回答書を確認した。

「読んだ？」

部屋に戻ってきたヘンデルは、クオンの執務机の側へ来た。

「やはり後宮だけが特殊か」

通常の住み込みは、基本的な生活費を雇い主が負担する。

だが、後宮の住み込みは給与から生活費が引かれており、給与の低い者は生活費を払うだけでマイナスになってしまう。

借金の強要になりそうだったが、後宮側は問題ないと回答していた。

「忠誠心を試しているとは思わなかったなあ」

給与から生活費を引いてマイナスになる者は試用期間。

マイナスになっても働けるのであれば、後宮で働く名誉を理解している。王家への忠誠心があると判断される。

正式な採用によって月給になれば、生活費だけでマイナスにはならない。

制服代の請求で一時的にマイナスになっても、一年ほどで払い終わる。

数年以上同じ制服を着用するため、結果的には私服勤務よりもはるかに安上がりだと説明されていた。

「後宮側の請求額は年額で考えるとマイナスにならない。マイナスになるのは購買部で買い物をしているからだね」

購買部で購入するかどうかは、任意の選択。自己責任。

「後宮には責任がないと言いたいわけだ」

「後宮の維持費についての不満まで書いてあるよ」

後宮の建物は老朽化によって修繕費用が年々上がり、維持費用だけで相当かかっている。

後宮で住み込みをしている人々が一部を負担するのは当然だと、後宮側は主張していた。

「側妃候補の費用も多いってさ」

「国王のせいだ」

国王は独身の息子たちのためだといい、側妃候補の女性たちを後宮に入れた。

その数は年々増えている。

国王が退宮命令を出すか、側妃候補自身が候補を辞退して退宮すれば後宮の支出が減るが、そうなる気配は全くなかった。

「一人だけ側妃を選べば、残りはいなくなるっぽいよ？」

「信じられない。もう一人か二人選べと言われるに決まっている」

国王の側妃は三人いる。王太子の側妃も同じぐらいでいいと思う人々が多いのを、クオンは知っていた。

「まあね。でも、金だけ取って用済みだから実家に戻れとは言えないよ。王家の面目《めんぼく》丸つぶれだし？」

昔は王家が側妃候補に入宮命令を出していたため、側妃候補の生活費は全て王家の方で負担していた。

現在の側妃候補は選ばれただけで入宮命令は出ない。側妃候補として後宮に入るかどうかは、任意で選ぶことができる。

その代わり、入宮する場合の生活費は自己負担になっており、保証金として入宮代を払うことになっていた。

クオンから見ると側妃候補になる権利を金で売っているのと同じだが、国王の言い分は違う。側妃になることを目指して勉強したい女性が後宮に入るのを許しているだけ。

特別な寄宿制の学校に入るのと同じで、王族妃の座を欲しがる貴族たちの圧力や不満を抑えるのにちょうどいいと考えていた。

「父上は入宮代を離宮建設費にしている。呆《あき》れるしかない」

後宮の予算は常に赤字。入宮代を追加しても赤字は解消されず、国王が補正予算を追加しなければならない。それなら後宮の補正予算額を引き上げ、入宮代は離宮建設の追加予算にしようと国王は考えた。

一見すると問題ない振替に思えるが、毎年離宮建設費を追加していくためであることをクオンは見抜いていた。

「さすがに長い。最長滞在者は七年ぐらいか？」

側妃はいらないクオンと、側妃になりたい女性たちの我慢比べが続いていた。

「そのぐらいだねえ」

「早く説得しろ。このまま後宮にいても不幸になるだけだ」

クオンは全く折れない側妃候補たちにうんざりしていた。

「俺が説得するのは無理だと思う。王太子の忠告も説得も脅しも効かない女性ばかりだよ？　飾りの側妃でも構わないって言っているし」

ヘンデルもクオンと同じようにうんざりしていた。

「これだけ冷たくあしらわれているのに、なんでわからないのかな？　それだけ王太子への思慕《しぼ》が強いのかもだけど、王族妃になることへの執念を感じるよ」

「私のことを本当に想っているのであれば、入宮はしない」

クオンは側妃候補に選ばれた女性に対して、側妃にする気はないこと、入宮すれば友人関係を解消して冷遇することを伝えていた。

それでも女性たちは入宮したばかりか、側妃か正妃になれると思っている。

全くもって理解に苦しむというのが、クオンの本音だった。

「後宮の情報が手に入りにくいのもなんとかしろ」

後宮は国王の所有物。王太子であっても手出しができない。

国王や後宮に情報開示を要求しても無理だと言われてしまうが、正当な事由があれば国王を説得して許可を得られる可能性がある。

クオンが後宮内の違反行為を見つけた時は、関係調査及び一部の情報開示が認められた。

後宮監理官を通す制限はついたが、後宮の違反行為が事実だと証明されただけでなく、国王はクオンの手柄として後宮から取り上げた予算を王太子予算につけ替えた。

クオンは嬉しかった。そして、良い前例ができたと思った。

また違反行為や不正を発見すれば、それを理由にして後宮を調べることができる。処罰として後宮予算を縮小させることができ、手柄として処罰分の予算をもらえる。

「ちゃんと調べさせているよ」

「うまくいっているのか？」

「まあまあ。リーナちゃんにも調べてもらう？」

「却下だ」

クオンは即答した。

「ダメな理由を具体的に教えてよ？」

「リーナは掃除部だ。巨額の費用が動いている購買部ではない」

「それだけ？」

「かなりの借金があるというのに、金を受け取らなかった。迷惑料や朝食代だと言っても固辞した。いくら金を積んでも動かない部類の者だ。金で動く者がいい。リスクを承知の上で報酬を受け取っている」

なるほどとヘンデルは思った。

「念のために聞いておくけれど、リーナちゃんを巻き込みたくない感じ？」

「適材適所だ。リーナは真面目過ぎる。もっとしたたかな者がいい。購買部の者でもいいのではないか？」

「それもそうだけど」

ヘンデルはため息をついた。

「後宮の者は口が堅い。王宮は買収し放題なのになあ。借金だらけのくせにお金で釣れない者が多くて困る」

「物で釣ってみろ。うまくやればいい」

「そっちもね？」

「どういう意味だ？」

クオンは眉をひそめた。

「リーナちゃん、化粧していないのに可愛いよね」

美人というよりも、素朴な愛らしさがあるとヘンデルは思っていた。

「クオンってあいうのがタイプ？　普通っぽい感じの癒《いや》し系というか」

ヘンデルの軽口はいつものことだったが、クオンは見逃せないと思った。

「リーナに会ったのか？」

「後宮警備隊の制服を着て、トイレ巡回をしている時に会った」

「余計なことを言わなかっただろうな？」

クオンはヘンデルを睨んだ。

「ひと気がない早朝に奥の方の巡回はやめるように注意した。不審者に襲われたら大変だからね。警備の者が言えば、余計に説得力があるじゃん？」

ヘンデルは紙をもう一枚取り出した。

「これもあげる」

後宮の二階にあるトイレの巡回ルートが書かれていた。

「王太子の側近なのに、後宮にあるトイレの巡回ルートを調べることになるなんて思わなかったよ。リーナちゃんにどうぞ」

「掃除道具入れに置いておけ」

クオンは紙をヘンデルに突き返した。

「いいの？　デートの時に渡したら？」

「勘違いするな。偶然会っただけの相手だ」

憮然《ぶぜん》とした表情のクオンをヘンデルはじっと見つめた。

「その割には気にかけてない？　昇格させたり、お気に入りの飴をあげたり」

「勤勉さを評価しただけだ。味が確かな品を選んだだけでもある。思い出した。後宮に行くなら飴を買ってこい。なくなった」

「もうないの？」

ヘンデルは呆れた。

「昨日買ってくればよかったよ。飴を食べ過ぎると病気になるよ？　虫歯にも注意だからね！」

「レモン味がいい」

クオンが気に入っているのはレモン味の飴で、昔から同じ品を好んでいた。

「気に入ると一筋だよね。女性に関しても同じかな？」

「出会いがない」

「仕事ばっかりしているからだよ。気分を変えるためにも、夜会に顔を出したら？」

「時間の無駄だ」

「そんなこと言っているから出会いがない。ようやく話をするような女性が現れたと思ったら、平民の下働きだし」

「今は召使いだ」

ヘンデルはため息をついた。

「身分差が半端ない。側妃どころか恋人にするのも難しい気がする」

「話をしたのは事実だが、口説いているわけではない。後宮における情報収集の一環だ」

「王宮で情報収集はしないの？」

「なんのために側近や部下がいる？　情報収集も仕事のうちだ。もっと情報を集めてこい」

「そうだけどさあ……取りあえず、買い出しに行ってくるかなあ」

ヘンデルは部屋を出ていった。

クオンはもう一度書類に目を向けたが、頭の中に浮かんだのは後宮のことだった。

後宮は必要ない。

妻は一人だけ。王太子妃は王宮に住むことになる。

側妃とその子どもが住む後宮は、クオンにとって不要かつ無駄でしかない存在だった。

◆◇◆◇◆

リーナはひたすら仕事に励む日々を送っていた。

別の巡回ルートを探しているせいで、またしても残業時間が長くなっていた。

クオンからの手紙は一度きり。それ以降は音沙汰がない。

給与明細のことをリーナは気にしていたが、自わからクオンへ連絡する方法がなかった。

そんなある日、戸棚の中に折りたたまれた用紙を発見した。

「トイレの巡回ルート？」

リーナは青の控えの間を最初に掃除していたことから、巡回も青の控えの間をスタート地点にしていた。

ところが、手紙にあるルートはとにかく早く二階のトイレを巡回することを考えただけのようなルートだった。

「早そうだけど、掃除の時間と合わないかも」

リーナは考え込んだ。

「ひと気のない場所には気をつけるよう言われたし……あっ、でも！」

紙に記入されているのは、三つのグループにわかれた巡回ルートになっている。

グループごとに巡回するとして、その時間を別の時間に入れ替えればいいのではないかとリーナは感じた。

「惜しいです。ちょっとだけ変えればいいだけなのに」

清掃部に行った際、掃除時間を変更できないかをセーラに尋ねてみようとリーナは思った。

「セーラ様、ご相談したいことがあります」

「なんですか？」

「掃除時間が午前のものを早朝に変更したいのです」

「無理です」

セーラは即座に却下した。

「自分の都合に合わせて変更することはできません」

「申し訳ありません。でも、一応は説明させていただいてもよろしいでしょうか？」

「聞くだけです。変更はできません」

「現在の掃除時間は部屋の使用予定時間のあとです。それを前にすれば、必ず綺麗な状態で部屋を使用できます」

セーラは変だと感じた。

「部屋を使用したあとは汚れている状態です。すぐに掃除すれば、汚れている状態が早く解消されるはずですが？」

「部屋についてはそうかもしれません。ですが、私の担当場所は付属しているトイレです。状態を見に行かないと、掃除すべきかどうかがわかりません」

部屋が使用されても誰もトイレを利用していなければ、掃除をする必要はない。

部屋が未使用でも誰かがトイレだけを利用すれば、掃除をする必要があることをリーナは丁寧に説明した。

「ああ、そうですね」

これまでは部屋と付属のトイレをセットで考え、部屋の使用履歴がなければ付属トイレの使用履歴もないと考えられていた。

しかし、実際は違う場合があることをセーラは理解した。

「午前中に使用される部屋の付属トイレを早朝に掃除しておけば、短時間しか経過していません。未使用状態の確率が高いと思います。その方がいいのではないでしょうか？」

セーラは困ってしまった。

変更できないと言ってしまったが、変更した方がよさそうな気がした。

「私の勤務時間の計算もおかしいと感じました。調整時間が考慮されていません」

住み込みの勤務時間は十時間だが、掃除部では実働勤務が八時間、調整時間が二時間の配分になっている。

掃除部の者は地下に部屋や共用施設があるため、掃除する場所へ移動するのが遅くなりやすい。移動時間や食堂の混雑を考えると、調整時間が二時間ほど必要だと考えられている。

清掃部では実働勤務が六時間、調整時間が一時間の配分になっている。

現在のリーナは十二時間分の仕事を担当しているが、実行するには三時間の調整時間を合わせ、十五時間かかる計算をするのが正しい。

そのうえ、臨時の仕事が増えることをリーナは説明した。

「最近は十七時間以上勤務しています。掃除時間の変更が無理なら、担当する仕事を変更してください。これ以上の時間短縮は無理です」

リーナの説明も理由もおかしくない。調整時間が抜けていることに、セーラは今まさに気づかされた。

メインの巡回担当がポーラで、リーナはその補助だったせいだわ……。

現状として、リーナは巡回の補助ではなくメインの担当になっている。そのせいで想定以上の勤務時間になってしまい、早朝勤務をしてもカバーしきれていない。

リーナが限界を感じるのは当然だとセーラは思った。

「セーラ、試しにやらせてみなさい」

メリーネが許可を出した。

「わかりました。では、試しにということで認めます」

「ありがとうございます！」

リーナは部屋の使用予定時間に合わせ、掃除時間を前倒しすることが可能になった。

リーナは自分で考えた順番で掃除や巡回をするようになり、十九時前に仕事が終わるようになった。

だが、リーナの改善は終わらない。

クオンからの手紙があるかどうかを調べるために戸棚を注意深く見るようになり、モップがないのはおかしいと気づいた。

そのことをセーラに報告すると、メリーネがモップの新規購入と常備の指示を出してくれた。

モップの効果は絶大で、床掃除の時間を大幅に短縮することが可能になった。

「ついに十七時半！」

二十四時近くまでかかることもあった仕事は、地道に改善を重ねたことで約六時間も短縮された。

調整時間が考慮されていなかった部分も修正され、リーナの勤務内容は十二時間ではなく十五時間分に修正された。

リーナは非常に優秀な召使いという評価になり、給与が十九万ギニーに増えた。

◆◇◆◇◆

時刻は午後。

後宮の廊下を歩いていたヘンデルは、巡回中のリーナに遭遇した。

「あれ？」

ヘンデルは自分の調べた巡回ルートを手紙でリーナに知らせた。その通りにしていれば、この場所で会うはずがない。

廊下の端に寄り深々と一礼したリーナの前で、ヘンデルは立ち止まった。

「顔を上げて。俺のこと、覚えている？」

「はい」

警備の者は威圧的だというのに、親し気に話しかけてきた。赤い髪に緑の瞳という特徴も珍しく、リーナは覚えていた。

「怖がらなくても大丈夫だよ？」

「私服が立派なので」

「ああ」

ヘンデルは苦笑した。

以前リーナと会った時は後宮警備隊の制服だったが、今は私服。側妃候補に会う予定に合わせ、気を遣った装いをしていた。

「俺は貴族だから。今日の私服は結構上等な方かな」

「そうではないかと思いました」

「それ、見せて？」

リーナはすぐにバインダーを差し出した。

「お利口さん。従うべき相手だってわかっているね」

ヘンデルはバインダーを受け取ると、素早く目を通した。

「備考欄の記号は何？　前はなかったね。怪しいな」

「それは仕事をした時間帯です。早朝はひと気がないので、巡回は午後の明るい時間にするようにしました」

「そっか。女の子だからね。大事なことだよ」

ヘンデルは内心驚いた。

自分の教えた通りにしていると思ったが、リーナはそれを参考にしながら改善を重ねていた。目の前にある答えだけに頼らない。自分の力でより良い答えを見つけようと努力している証拠、向上心の表れだった。

「残業はまだあるのかな？」

「あります」

「何時に終わるの？」

「十七時半頃になります」

「ずいぶん残業が減ったみたいじゃないか。すごいなあ」

「はい」

リーナは嬉しそうに微笑んだ。

「ところで、リーナちゃんの夕食は何時頃？」

「十九時頃です」

「デートしようか。何時頃なら会える？」

「無理です。他の方を誘ってください」

速攻で断られたなあ。

しかし、ヘンデルは引き下がらなかった。

友人であり上司であるクオンのためにも、リーナについて詳しく知っておきたかった。

「お菓子の試食を手伝ってほしいだけだよ。俺が全部食べて確認するのはつらいからさ」

菓子という言葉にリーナが反応したのをヘンデルは見逃さなかった。

「二十一時ね。購買部の菓子売り場で待ち合わせにしよう。人が大勢いる場所だから変なことはできない。大丈夫だよ」

「困ります」

「来なかったら無礼になるからね？　俺は貴族だし身分も高い方だ。上位者にちょっと話したら、面倒なことになると思うなあ」

ヘンデルは了承させるために身分を振りかざした。

リーナの表情を見る限り、効果覿面《てきめん》なのは明らかだった。

「じゃあね。待っているよ、リーナちゃん」

ヘンデルは軽く手を振りながら、その場を立ち去った。

しばらくの間、リーナは呆然《ぼうぜん》と立ち尽くしていた。

夜になると、ヘンデルは地味な私服で後宮へ向かった。

設定としては後宮警備隊の者だが、今日は休みで私服ということにした。

召使いが後宮警備隊についてどの程度把握しているか知らないが、下位の者でヘンデルの素性を知る者はほとんどいないはずだった。

購買部で王宮から来た知り合いに遭遇する可能性はあるが、ヘンデルは日常的に女性への声かけをしている。いつでもどこでも誤魔化しやすい。

なんとでもなるかな。

さまざまな菓子を購買部で買い込んだヘンデルは、廊下の柱に寄り添うように俯いて立っているリーナを発見した。

めちゃくちゃ乗り気じゃないのが丸わかり。俺、結構モテる方なんだけどなあ。

ヘンデルは心の中でぼやいた。

「どんなお菓子が好きかな？」

ヘンデルに声をかけられたリーナは、驚いて顔を上げた。

「まあ、いいや。ついてきて」

「はい」

ヘンデルがリーナを連れてきたのは緑の控えの間だった。

「入って。早く」

ヘンデルがドアを開けると、リーナはしぶしぶ部屋の中に入った。

「早速、お菓子の試食をしよう。ここに座って」

ヘンデルはソファに座り、隣の場所を軽く叩《たた》いた。

だが、リーナは立ったままだった。

「ここのお部屋は高貴な方が使用します。勝手に使ったらまずいのではないでしょうか？　処罰されてしまいます」

「俺は貴族だって言ったよね？　大丈夫だよ。保証する」

「でも」

「早くおいで。命令されたい？　それとも無礼だって言われたい？」

しぶしぶ隣に座るリーナに、ヘンデルは安心させるように微笑んだ。

「いい子だね。さて、どれがいいかな？」

ヘンデルはテーブルの上を見つめた。

「飴はお土産だから、それ以外のお菓子にしてほしい。好きなのを食べていいよ」

ヘンデルはそう言ったが、リーナは手を動かさなかった。

「もしかして、お菓子は嫌い？　甘いのは苦手だった？」

「いいえ。でも、ここで食べるのは違反だと思います」

「大丈夫だって。掃除に来る者はこの部屋の使用者を知らない。使用されている形跡があれば掃除するだけだ。ここは基本的に侍従が管理する部屋だからね。これから食べようか」

ヘンデルはカップケーキを手に取ると、リーナの口に強引に押し込んだ。

リーナはカップケーキに口をつけてしまったため、諦めたようにもぞもぞと食べ始めた。

「美味しい？」

リーナは小さく頷いた。

「リーナちゃんはお化粧をしていないね。そのままでも可愛いけど、なんでしないの？」

リーナは口の中のケーキを飲み込んだ。

「お金がありません。お化粧の仕方もわかりません」

「口紅をつけるのは簡単だよ。まあ、今はいいけどね。若いし階級も低いし」

ヘンデルは優しく親しげな雰囲気を漂わせるよう努めた。

「ところで、友達はどのくらいいるのかな？」

「いません」

「部屋が一緒の者がいるよね？　話したりしない？」

「同じ部屋の人はいません」

「えっ？　召使いなのに個室なの？」

ヘンデルは驚いた。

個室を使えるのは役職付きや、それなりに上の者だけだと思っていた。

「二人部屋なのですが、片方が空いているのです」

「なるほど。でも、食堂とか浴場とかで同僚とかと会えるよね？　友達ではなくても、親しくしている子はいない？　リーナちゃんが信用している子を紹介してほしいなあ。リーナちゃんと一緒に呼んで、お菓子の試食を頼めるよね？」

リーナは俯いた。

その様子は、どう見ても落ち込んでいるようにしか見えなかった。

「もしかして、召使いに出世したせいで妬《ねた》まれちゃった？」

リーナは下働きだったが、クオンと会った件で召使いに昇格した。

早い出世は嫉妬されやすい。年齢が若ければ余計に。よくあることだとヘンデルは思った。

「昇格した時はお祝いしてくれました。でも……」

リーナの言葉は続かなかった。

どう見ても何か事情があると感じたヘンデルは、詳しく知りたいと思った。

「絶対に秘密にするから言ってごらんよ。誰かに言うと心が楽になることもある。俺はリーナちゃんを信用できるって思っている。だから、お菓子の試食を頼むことにした。俺のことも信用してくれたら嬉しいな」

ヘンデルの言葉はリーナの心を揺さぶった。

自分の気持ちを心の中に仕舞い込んでおくのが、急につらくなってしまった。

「私が掃除を担当している場所で、落ちにくい汚れを見つけました。追加の掃除時間が必要だったので上司に報告すると、前任者がきちんと掃除をしていなかったせいだとなりました。前任者は解雇されてしまいました。借金があったので、投獄されたという噂を聞きました」

「それは仕方がない。きちんと仕事をしてなかったわけだからね」

「でも、投獄なんて……」

「悪いことをしたら、子どもだって投獄されるよ？」

ヘンデルは当たり前のことだと思いながら答えた。

「誰だって失敗することがあります。気づかずに見逃すことだって。なのに、注意ではなくて解雇になりました。しかも、投獄です。私のせいだっていろいろな人に言われました」

「いやいやいや！　リーナちゃんのせいじゃないよ！」

ヘンデルは大否定した。

「後宮は信用できそうな者だけを採用している。信用を裏切れば罪は重くなる。解雇されたのは当然だと思うよ？」

「信用を裏切る？」

「信用しているからこそ、二階の掃除を任されたわけだよね？　二階は重要な場所だ。地下や一階とは全然違う。しっかり掃除していなかったら、重い処罰になるに決まっているよ」

重要な場所の担当だったせいだわ……。

なぜ、前任者が重い処罰になったのかをリーナは理解した。

「投獄されたというのも、ただの噂だよね？　本当だとしても借金のせいだ。リーナちゃんのせいで借金を抱えていたわけじゃない。どう考えても前任者の責任だよね？」

ヘンデルはリーナを慰めるように語りかけた。

「無責任なことを言ったり、煽《あお》ったりするような者もいる。リーナちゃんが早く出世したから嫉妬したんだよ。評判を落とせば出世コースから外れるって思ったのかもしれない。気にしなくていいよ」

ヘンデルはリーナに優しく微笑んだ。

「大丈夫。俺はリーナちゃんの味方だ。リーナちゃんは絶対に悪くない！」

リーナは涙が出そうになるのを堪えた。

ずっと自分のせいだと噂され、リーナ自身もその通りだと思っていた。

しかし、前任者が処罰されたのには相応の理由があることを教えてくれた。味方だと言ってくれたことが、どうしようもなく嬉しかった。

「ありがとうございます。とても励まされました」

「よかった。後宮には借金している者が多いみたいだね。リーナちゃんも借金がある？」

「あります」

「そっか。でも、返済を諦めずに倹約してほしい。真面目に働けば数年後には借金がなくなるらしいよ？」

あくまでも後宮の言い分ではあるが、リーナを励ます材料になるとヘンデルは思った。

「リーナちゃんなら返済も早い気がする。後宮は勤務年数が多くなるほど給与が増える。階級が同じでも必ず昇給するからね」

「頑張ります！」

リーナの様子を見て、自分への警戒心が下がっているとヘンデルは感じた。

「ちょっと聞きたいことがある。リーナちゃんは掃除部だけど、どんなところを掃除したことがあるのかな？　詳しく知っている場所はどこ？」

「一番詳しく知っているのは地下です」

ヘンデルは何年も後宮に出入りしているが、地下については全く知らない。

地下に詳しいリーナは何かの際に使えそうだと感じた。

「地上や二階は？　巡回しているだけに、トイレの場所は詳しそうだよね」

「掃除部の新人は水回りの担当になります。私は早く出世したので、階級が上がる度に新人になりました。そのせいで水回りの仕事が割り当てられ、トイレ掃除になったのだと思います。でも、それ以外の仕事もたくさんしています」

指導役が掃除部長のマーサだったため、リーナは作業班の固定メンバーにはならなかった。

マーサの補佐業務を手伝い、臨時要員として各所で掃除を行っていたことをリーナは話した。

「伝令業務も書類仕事もできます。掃除部が担当している仕事場所も把握しています」

なかなか頼もしいとヘンデルは思った。

「いろいろな仕事をして経験しながら、なんでもできるようになっていくってことかな？」

「そうだと思います」

「でもさ、後宮って古いよね。どこかが壊れたりしない？」

急なトラブルで修繕が必要になるようなことがなかったかを、ヘンデルは確認したいと思った。

「滅多にありません」

「滅多にないの？」

「当たり前です。常にあったら困ってしまいます」

後宮は修繕費がかかると主張しているが、リーナの知る限りでは滅多にないと言っている。

リーナが知らないだけかもしれないが、後宮の主張と違うとヘンデルは思った。

「もし、どこか壊れたらどうするの？　配管とか」

「上司に報告して、書類を修繕部に持っていきます。修繕部が書類を確認して対応します」

「修繕部が直してくれるの？」

「直すのは外部から呼んだ配管工です。呼ぶ手続きは修理部なので、修繕部は配管工が来るまでの対応をします。応急処置程度はしてくれます」

「修繕部じゃなくて修理部が手続きをするのか。外部から呼ぶわけだし、手間がかかるね？」

「そうですね。早めに対処した方がいいので、保守管理部が監視しています」

壊れていないと修繕部も修理部も動かない。問題が起きそうな場所がないか、保守管理部が各部署に問い合わせることをリーナは説明した。

「部署名を覚えるだけでも大変だよ。組織体系ってわかる？　どんな部署があって、その上位とか下位とか」

「ざっとならわかります」

「教えてくれる？　警備的にも知っておくべきなんだけど、正直わかりにくてなかなか頭に入らない」

「わかりました」

リーナは自分が知っている部署、その上位と下位の関係について解説した。

「なるほどね」

ヘンデルは後宮の運営費用が増えやすい理由を発見した。

部署数が多い。そのせいで役職者も多い。役職給がつくため、人件費がかかりやすくなる。

しかも、上位部は貴族出自の侍従や侍女ばかり。貴族というだけで優遇される旧時代の制度が残っている後宮であれば、余計に人件費が膨らみそうだった。

「ちなみにリーナちゃんから見て、何か気になることとかない？　なんでこんなものがあるのかわからない。贅沢だなあとか、無駄だなあとか」

ダメ元でヘンデルは尋ねた。

「あります」

リーナは素直に答えた。

「トイレの掃除道具入れとは思えないほど、豪華で立派な戸棚です。贅沢で無駄だと思います」

「ああ、まあ、そうだね」

ヘンデルはがっかりする気持ちを隠すように微笑んだ。

「高貴な者の目に入るかもしれないから、豪華なんじゃないかな？」

「トイレットペーパーも贅沢で無駄です。最高級・高級・標準・低品質の四種類があって、トイレによって使い分けています」

「それはおかしくないよ。高貴な者は最高級で階級が下の方は低品質ってことだよね？」

「そうです。でも、すごく金額の差があるらしいのです」

「それが普通だよね？」

最高級品と低品質の値段が同じわけがないとヘンデルは思った。

「この部屋のトイレットペーパーは最高級です。備品交換の時に触りますが、高級と比べてもほとんど差がないです」

「所詮《しょせん》はトイレットペーパーだからね。微妙な差なのかも？」

「私も最初はそう思いました。でも、今はちょっと怪しいと思います」

「怪しいの？」

リーナの言葉に、ヘンデルは少しだけ興味を引かれた。

「最高級のトイレットペーパーは一個三千ギニーもすると聞きました」

「誰から？」

「上司からです。なので、紛失していないか確認するためにも、在庫の数をしっかり数えるようにと指示されました」

「なるほど。一個にしては高いねえ。最高級品だから仕方がないだろうけど」

「でも、実際は五千ギニーで購入しています」

ヘンデルは眉をひそめた。

「二千ギニー違うね？」

「送料がかかるせいです」

「ああ、送料ね」

「でも、備品部は個別包装代だと言っていました。送料とは違いますよね？」

「そうだね。でも、箱に入れて届けるよね？　送料もかかるだろうし、それを全部込みで考えた結果、一個当たりが五千ギニーってことだよね？」

「一個当たりで計算するのはおかしいです。荷物をまとめて一カ所に送ると、送料は安くなります。一個ずつ送料を含めた金額設定にしていると、実際にかかる送料と差が出ます」

「確かにそうだね。ということは、包装代の配分が多いのかもしれないね？」

「個別包装も無駄です。備品部から受け取る際に全部捨てられてしまいます。ごみにお金を払っているのと同じです」

リーナはきっぱりと言い切った。

「絶対に損をしています。十個納入なら十個用の箱を一つにすればいいのに、十個の箱に分けることで箱代は十倍です。百個に分ければ百倍です！」

「百倍って聞くと確かに無駄っぽく感じるなあ」

「しかも、最高級と高級のトイレットペーパーは、年に一回全部捨てられてしまいます」

「えっ？　そうなの？　なんで？」

初耳だとヘンデルは思った。耳に入りようがない情報だとも。

「むき出しで置いたままだと、品質が落ちるからだそうです。相当な廃棄量ですし、お金だって無駄ですよね？　所詮トイレットペーパーだと思われているに違いありません！」

リーナの口調は強いというよりも、怒っているそれだった。

「最高級と高級のトイレットペーパーを後宮に売っている商人は楽に儲《もう》かります。全く使われていなくても、一年に一回は大量に交換されます。その分は絶対に購入してもらえることがわかっています」

ヘンデルは気づいた。

後宮のルールじゃなくて、商人との取引に合わせたルールかもしれない。

通常は必要な分だけを買うが、必ずこれだけは購入するという条件で商人と契約する場合もある。商人にとって有利な条件だけに、癒着《ゆちゃく》や横領《おうりょう》などの不正が絡むこともある。

疑惑を解消する調査の口実にできないかとヘンデルは思ったが、トイレットペーパーのことだけに一笑されて終わりになってしまう気がした。

「タオルだってそうです。最高級のタオルは必ず一回で捨てられてしまいます！」

「たった一回で捨てられるの？　使い捨てってこと？」

さすがにそれは無駄だろうとヘンデルも思った。

「最高級品が配備されているのは、王族が使用する可能性があるトイレです。王族が使ったタオルをクリーニングして、他の者がまた使うことはできません。使用済みのタオルを王族が使ったかどうかを確認することはできないので、全部捨てられます。焼却処分だそうです」

ヘンデルはこめかみを抑えた。

無駄だけど、仕方がない気がする……。

王族の使用品をクリーニングして他の者が再利用することはできない。

それは極めて正当な理由で、焼却処分になるのはおかしくなかった。

「使い捨てなら高級品でもいいですよね？」

微々たる節約だなあ。

リーナの生真面目さが可愛らしいと感じながら、ヘンデルは苦笑した。

「後宮の品はいいものばかりです。だから、ごみもいいものばかりです！」

「じゃあ、もらっちゃえばいいんじゃない？」

「それはできません。絶対に拾ってはいけないことになっています」

後宮の規則として、ごみ箱の中身はごみとして扱うことになっている。

盗んだと思われると困るため、ごみ箱の中身を勝手に拾ってはいけないことになっていた。

「でも、業者は拾えます。ごみとして引き取るからです。処分費ももらえます」

ヘンデルはリーナをじっと見つめた。

「業者？　後宮の者がごみを処理施設まで運ぶんじゃないの？」

「違います。後宮は男性が少ないので、ごみ処理施設に運ぶ手間が省ける業者に引き取ってもらっているようです」

「本当に？」

王宮地区内には大規模なごみ処理施設がある。

王宮や後宮のごみは全てごみ処理施設に運ばれているとヘンデルは思っていた。

「リーナちゃんは掃除部だよね？　なんでそんなことまで知っているのかな？」

「掃除の際に出たごみは分別しないといけません。新人が分別を担当します。どうせ分けるなら、業者別にしてほしいと廃棄部の人に言われました」

どの部においても新人の仕事にはごみ出しがある。廃棄部の者に必ず分別しろと注意されるため、全員が知っていることだとリーナは答えた。

「廃棄部か。購買部のことでなんかない？」

「購買部ですか？」

「なぜこの商品を売っているのかとか？　後宮で人気があると、同じような商品の扱いが増えるのかな？」

「購買部で扱う品については上位部の役職者にアンケートをして参考にするそうです。下位部の役職者にはアンケート用紙が届かないので要望を出せません」

「そうなのか。でも、なんで知っているの？」

「トイレで話している人がいました。コソコソするような話はトイレでします。休憩室や自室ではしません。他の人に聞かれてしまうと、情報漏洩になってしまいます」

さすがトイレ担当だなあ！

ヘンデルはちょっとだけ感心した。

「側妃も購買部に要望を出せません。後宮は国王陛下の所有物です。側妃が勝手にあれこれ後宮を変えることができないようにしているとか」

「そうだね」

側妃というと、すごいことだと誰もが思う。

だが、実際は王族に寵愛《ちょうあい》されるかどうかで天と地ほどの差があった。

「側妃やその実家に関係する品はないそうです。でも、側妃候補の実家に関係する品ならあるそうです」

側妃候補として入宮させたのは、購買部との取引がらみかもしれない？

詳しく調べたいところだが、協力者を見つけるのは難しいとヘンデルは感じた。

とはいえ、意外なところで意外な人材を発見することができた。

もしかすると、リーナちゃんはなかなかいい感じに役立ってくれるかも？

ヘンデルがそう思った時だった。

突然、ノックなしでドアが開いた。

リーナとヘンデルの目に映ったのは、不機嫌な表情をしたクオンの姿だった。

「ここで何をしている？」

リーナの頭の中は真っ白になった。

「デートではないよ？」

「黙れ！」

クオンはヘンデルを睨みつけた。

「とにかくドアを閉めてよ。誰かが来るとまずい。声は小さくしてよね」

クオンはすぐにドアを閉めると、リーナとヘンデルの方へ移動した。

「いいか、よく聞け。ここは身分の高い者が使用する特別な部屋だ。お前たちにどのような理由があったとしても、勝手に使用していたのは明らかだ。何も言うな。このまま退去しろ。そうすれば、今回だけは特別に見逃してやる」

「俺が使ったっていいじゃん？」

「そのような服装で許されると思うのか？」

ああ、さすがクオンだ！

クオンはヘンデルの質素な服装を見て、身分を隠していると判断した。

今は後宮警備隊に所属している貴族の設定。何も言わないで部屋を出れば、王族の側近であることを隠したままにできる。

「申し訳ありません。退去します」

「リーナは残れ。お前は早く消えろ！」

ヘンデルは肩をすくめると、すぐに部屋を出ていった。

「リーナ」

「申し訳ありません！」

リーナは土下座した。

クオンは不機嫌な顔のまま、リーナの側に移動した。

「あの者とはどのような関係だ？　なぜ、ここにいた？　正直に話せば恩情処置を検討する」

クオンはそう言ったが、ヘンデルがリーナと会った理由については予想がついていた。

後宮の情報を引き出すために決まっている。

「実は……」

早朝勤務の際に偶然会ったことのある警備の者に菓子の試食を手伝うよう言われたこと、貴族だけに来ないと無礼になると言われてしまったことを、リーナは話した。

身分を盾にしたのか！

平民のリーナには有効な方法だとわかるからこそ、クオンは余計に怒りを感じた。

「説明を聞くと、あの者とは二回しか会ったことがないようだ。警備の者だと言ったが、所属は？　名前を名乗ったのか？」

偽名を使っているかもしれないと思い、クオンは確認のために尋ねた。

リーナはその時になって、名前を知らないことに気づいた。

「名前は知りません。でも、後宮警備隊です。制服を着ていました」

リーナの答えが間違っていることを、クオンは知っていた。

ヘンデルは王族の側近で官僚だ。後宮警備隊の制服を着て、リーナの巡回ルートを調べていた。

「私と最初に会った時、名前と所属を教えてほしいと懇願したな？　あの者には聞いてない。おかしいのではないか？」

「後宮警備隊であることは制服で判断できます。警備の方の名前は聞きません」

「警備隊の者は相当いる。見た目の特徴は言えても、当てはまる者が大勢いるかもしれない。予期せぬ事態に巻き込まれた場合、名前を知らないと困るのではないか？」

リーナは反論できなかった。

「お前がここで警備隊の者と菓子を食べていたことが判明すれば、注意では済まないだろう」

「貴族なので大丈夫だと言われました」

「大丈夫なわけがない。簡単に信じるな。わかったな？」

「はい」

「この件に関しては内密に処理する。特別に注意だけで済ませる」

「申し訳ありませんでした。寛大なご処置に心より感謝いたします」

リーナは床に頭をつけるように頭を下げた。

その姿を見たクオンは胸が痛んで仕方がなかった。

リーナは善良で真面目に頑張っている。だが、その立場はとても弱い。貴族の身分を盾にされただけで逆らえなくなってしまうほどだ。

後宮を調べたい自分たちの事情に巻き込むことによって、リーナの立場が悪くならないようにしたいとクオンは思っていた。

だというのに、ヘンデルは接触した。リーナをそそのかして違反行為をさせた。弱みを握られたリーナは余計に逆らえなくなる。

ヘンデルが悪い。もっと強く止めておけばよかった。

クオンは自らの責任を感じずにはいられなかった。

「椅子に座れ。話がある」

「はい」

顔を上げたリーナを見て、クオンは動揺した。

涙腺《るいせん》は完全に決壊しており、罪の重さに打ちひしがれているような悲壮感があった。

「誰でも失敗する時がある。同じ過ちを繰り返さないようにすればいい。わかるな？」

リーナのためを思うからこそ、甘い対応はできないのだとクオンは自身に言い聞かせた。

「はい。深く反省しています。本当に申し訳ありませんでした」

「あの者とどのような話をした？　詳しく話せ」

「わかりました」

リーナの説明を聞いたクオンは、やはり情報収集のためだと判断した。

「あのような者には近づくな。また何かを強要しようとするかもしれない。もっとよく相手を見て判断しろ。菓子に釣られるな」

「はい」

「開封してある菓子はやる。少しずつ食べればいい。菓子があれば、菓子で釣られにくくなるはずだ。飴は私がもらう」

リーナは驚かずにはいられなかった。

「私は反省をしなければいけません。お菓子をいただくなんておかしいです」

「心から謝罪した。反省するなら許す。悪いのはあの男だ。お前には逆らうだけの立場も力もないのはわかっている。だからこそ、気をつけてほしい」

リーナはクオンの寛大さを感じずにはいられなかった。

「ありがとうございます。大事に少しずつ食べます」

「消費期限には気をつけろ」

「期限があるのですか？」

「箱や袋などに消費期限が書いてある。その日付以内に食べれば腹を壊さない。それを過ぎて食べてしまうと、腹を壊すかもしれない。あくまでも目安だが、注意した方がいい」

「そうでしたか。生ものではないので、日持ちしそうだと勝手に思っていました」

「ここにある日付だ。この日までに食べ終えるようにすればいい」

クオンは菓子の箱を取ると、消費期限を探してリーナに見せた。

「つらい時に食べようと思っていましたが、期間が思っていたよりも短いです。贅沢かもしれませんが、毎日少しずつ食べてもいいでしょうか？」

つらい時だけ……。

昔のクオンはつらい時に菓子を食べていた。菓子を大事にしてもいた。

だが、今は違う。つらさや苛立《いらだ》ちを誤魔化すために、常備されている飴を次々と食べていた。

菓子を大事にしなくなったばかりか、冷静さを保つ努力を怠っているとクオンは感じた。

「やはり菓子は全部やる。飴も持っていけ」

「全部？　どうしてでしょうか？」

「忙しくて運動しにくい」

「健康を維持するためですね」

健康という言葉を聞いたクオンの心は揺らいだ。

健康かどうかを確認するためにも、定期検診を受けよう……。

そして、菓子の量を節制する。食事の量と栄養を監査する。少しでも運動を心掛ける。

クオンは自らの生活を見直すことにした。

「私も健康に気をつけます。借金を増やさないためにも、太らないようにしたいので」

サイズ変更のために制服をもらい直したくないとリーナは思った。

「掃除をすれば運動になる。太らない」

「太りました。一日三食にもなりました」

「健康的になっただけだ。最初に会った時のお前は細過ぎた。その方が問題だった」

クオンは自分と同じように、リーナも変わるべきではないかと感じた。

「謙虚過ぎるのもどうかと思う。これからは普通の感覚を身につけていく必要があるような気がする」

「普通の感覚ではないのですか？　私が？」

「一般的に一日の食事は三回だ。召使いになったことでようやく普通になったと思うべきだろう。普通で満足してしまうと向上しにくくなる。目標を少しずつ高くしていくべきだ」

そうかもしれないとリーナは思った。

「周囲の話を聞いて情報を集め、知識として蓄えるのもいい。勉強できる。金もかからない」

「わかりました。お金をかけずに勉強できるなんてお得ですね！」

リーナは喜んだ。

「部屋に帰れ。私に会ったことも菓子をもらったことも秘密だ」

「でも、誰かに会ったら……この菓子はどうしたのかと思われませんか？」

「購買部の品だ。自分で買ったと言えばいい」

「こんなにたくさん？　さすがにそれはちょっと。購入履歴を調べれば嘘であることもわかってしまいます」

「知り合いから押し付けられたと言えばいい。嘘ではない」

「知り合いが誰か聞かれたらどうすれば？」

真面目な性格だからこそ、リーナが心配してしまうことをクオンはわかっていた。

「誰にも会わないような場所を通って部屋に戻ればいいのではないか？」

「さすがクオン様です！」

リーナは腕時計で時間を確認すると、自室に戻る順路を考えた。

「この時間なら……大丈夫そうです」

リーナはテーブルの上の菓子を集めた。

「必要のないものはこの部屋のごみ箱に捨てていけ。菓子が捨てられていてもおかしくない」

「わかりました。二階の巡回が来る前に部屋に戻ります。おやすみなさい」

リーナは菓子を詰めた手提げ袋を持って一礼すると、急いで部屋を出ていった。

おやすみなさい、か。

何気ないリーナの言葉がクオンの心の中に響いた。

ずっと執務ばかり。合間に仮眠するような生活が続いていただけに、誰とも就寝の挨拶をしていない気がした。

リーナの言う通りだ。休んだ方がいい。就寝の挨拶をする余裕もないのはよくない。

クオンは王宮に戻り、久しぶりに王太子の寝室で休むことにした。


翌日の朝、目を覚ましたリーナは、時刻を確認して愕然《がくぜん》とした。

「信じられない！」

リーナは後宮に来て初めて寝坊してしまった。

時間の遅れを取り戻すために朝食抜きで仕事に励んだが、このような時に限って掃除に手間取ってしまった。

しかも、水漏れが発生している場所も発見した。

「セーラ様、水漏れです！」

リーナが慌てて駆け込んで来たため、清掃部にいた全員が驚いた。

「落ち着きなさい。どの程度ですか？」

セーラは状況を把握すべく尋ねた。

「ポタポタです。でも、水滴が大きくて落ちるのがすごく早いです。バケツを置いてきましたが、雨漏りよりもひどそうです。時間が経てば、バケツから水が溢れてしまいます」

修繕部も修理部も対応が遅い。急がなければならないようだとセーラは判断した。

「書類を作ります。修繕部はわかりますか？」

「わかります」

「書類を修繕部に持って行って、状況と場所を伝えなさい」

「巡回がかなり残っているのですが」

「巡回はポーラにさせます。水漏れの場所はリーナでなければわかりません。修繕部に急ぎなさい」

「はい。急ぎます！」

リーナは急いで修繕部に行った。

まずは担当者が誰かを調べることになったが、かなりの時間がかかった。しかも、担当者は離席中で部室にいなかった。

「担当者を探してこい。問題が発生したと伝えろ」

リーナは修繕部の担当者がいそうな場所をいくつか教えられた。

「探す場所が多いので、緊急として走ってもいいでしょうか？」

「水漏れは緊急だ。付近が水浸しになったら困る」

リーナは教えられた場所を順番に確認したが、どこにも担当者はいなかった。

困り果てて修繕部に戻ると担当者が戻っていた。

「問題のある場所はどこだ？」

リーナは水漏れの場所を修繕部の者に伝えていたが、今度はその伝えた者が離席状態だった。

「二階です。ご案内いたします」

問題のあった場所に行くと、怒りの形相をしたポーラが待っていた。

「リーナ！　なんなのよ、これは！」

ポーラはバインダーを振り上げた。

「申し訳ありません。今は水漏れの問題があって」

「残っている場所が多過ぎるわ！　残業なんて絶対しないわよ。清掃部では残業したら無能扱いされるの。元から無能な貴方がしなさい！」

ポーラは巡回用のバインダーをリーナに押し付けて行ってしまった。

「水漏れは緊急だよ？　巡回には行けない」

修繕部の担当者が言った。

「お待たせして申し訳ありません」

リーナは深々と頭を下げるとドアを開けた。

「一番奥の壁の配管です」

「バケツから溢れている。床を掃除しないと」

「すぐにバケツを交換します。床も拭きます。足元にお気をつけください」

修繕部の担当者は配管を見て、ため息をついた。

「外部から修理を呼ぶしかない。時間がかかる。もっと大きなバケツが必要だ」

「大きいバケツ……」

「探してきて。僕は修理部に報告する。バケツの水が溜まったら捨てておいて」

「わかりました」

リーナは掃除部へ走った。

マーサに状況を伝えると、施設備品部から水漏れ用のタンクを借りるように教えられた。

「タンク？」

「バケツよりも大きいのです。そこに水を貯めて、手洗い場から捨てるように付属のホースを伸ばします」

「借りてきます」

リーナは施設備品部へ走った。

大きなタンクはリーナには運べず、施設備品部に運んでもらうことになった。

届くまではバケツの水を一定時間ごとに捨てなくてはならない。

リーナは床を拭き、ポーラが残していった巡回を少しずつこなし、戻ってはバケツの水を捨てる作業を繰り返した。

「終わった……」

リーナが自室に戻ったのは二十四時近く。後宮内を走り回るような一日だった。

しかも、朝から何も食べていない。入浴するのも無理だった。

クタクタなせいでリーナは泣きそうな気分だったが、突然思い出した。

「お菓子がありました！」

リーナは木箱を開けると、クオンからもらったお菓子を食べた。

空腹のせいもあって、緑の控えの間で食べた時よりもはるかに美味しい。甘さが口から染み渡り、疲れ切った心と体を癒してくれるように感じた。

「ありがとうございます、クオン様。救われました……」

心の中で何度もクオンに感謝しながら、リーナは菓子を味わった。


その日を境に、リーナの仕事はトラブル続きになった。

臨時の仕事が何度も追加され、遅くまで残業が続いた。

夕食を食べ損ねてしまうため、リーナはクオンからもらった菓子を食べていた。

「たくさんお菓子をもらえてよかった。クオン様、本当に本当にありがとうございます！」

なんとかなるとリーナは思っていたが、体の方は限界だった。


ついに、リーナは勤務中に倒れてしまった。

第五章　第二王子と医療予算

後宮の医務室は三カ所ある。

地下は下位者用、一階は上位者用、二階は高位者用になっていた。

しかし、人命に関わる緊急事態においては、最も近い医務室の利用が許されている。

リーナが倒れていたのは二階で、発見者が高貴な者だったこともあり、二階の医務室に運び込まれた。

診断結果は激務による過労、栄養不足、睡眠不足だった。

一日の休養という診断だったが、リーナを発見したエゼルバードは疑問を感じた。

「この者は激務による過労で倒れました。たった一日の休養でいいのですか？　倒れる際に頭を床に打ち付けたようです。後遺症が現れる可能性は？」

「様子を見るために三日間の休養にいたします」

医者はすぐに診断内容を変更した。

「地下の休養室は満室で空いていない。一階の休養室を使うように」

医者がリーナにそう伝えるのを聞いたエゼルバードは、またもや疑問を感じた。

「なぜ、二階の休養室ではないのですか？」

「設備が違います。上階の方がより良い設備になります」

「なぜ、設備の悪い方を使用するのですか？」

「階級が低いからです」

「愚かしい理由です」

設備が悪ければ、病気も怪我《けが》も治りにくい。治療代が嵩《かさ》む。さっさと治して働かせるべきだとエゼルバードは思った。

そして、良い案を思いついた。

「私が発見した者ですよ？　様子を見に来るので、二階の休養室を使わせなさい。その方が早く回復するでしょう」

リーナは二階の休養室を使うことになった。


翌日の午後。

「落ち着かない……」

リーナは高待遇を喜んでいなかった。

その理由は二階の休養室が、あまりにも豪華なことにあった。

天蓋付きの豪奢なベッドと煌《きら》びやかな調度品。休養室当番が何度も状態を確認に来る。栄養不足という診断のせいもあって、食事はかなりの豪華さ。午前と午後にはお茶と菓子まで運ばれてきた。

「まるでお姫様になったみたい」

リーナは気になって仕方がなかった。

治療費の請求がどうなるのかが。

突然、ドアが開いた。

中に入ってきたのは、エゼルバードと側近のロジャーだった。

「気分はどうですか？」

「大丈夫です」

リーナは緊張した表情で答えた。

「私が誰だかわかりますか？」

「高貴な方です」

「他には？」

「外部の方だと思います」

リーナは正直に答えたが、エゼルバードが知りたいのはもっと具体的なことだった。

「私の名前や身分を教えられましたか？」

「何も教えられていません。詮索《せんさく》は無用だと言われました」

プラチナブロンドに空色の瞳を持つ美貌の持ち主。後宮という場所。

推測しやすい情報は揃っているが、リーナは平民の召使い。

エゼルバードは自分の正体を教える気はなく、秘匿《ひとく》する指示を関係者に伝えていた。

「質問があります」

既に尋問に近い雰囲気をリーナはひしひしと感じていた。

「医者は過労と栄養不足と睡眠不足だと判断しました。別の理由ではありませんか？」

「別の理由？」

「控えの間で何者かに襲われたことを隠していませんか？　後宮内の安全に関わる問題です。何者かに脅されていたのだとしても、正直に話しなさい」

リーナは驚愕した。

「何者かではなくて、めまいに襲われただけです！　急いで仕事をしようと思っていたのですが、倒れてしまったみたいです。気がついたら医務室でした」

「そうですか。では、次の質問です」

リーナは数枚の紙とペンを渡された。

「後宮では階級によって待遇が違います。召使いがどのような生活や食事をしているのかを、できるだけ詳しく書きなさい」

リーナの受け取った紙には「質問票」と書かれていた。

「食事のメニューを記入するのですか？」

一枚目は一週間分の食事内容を書く用紙だった。

朝昼晩の三食だけでなく、間食についても記入する場所がある。

リーナが栄養不足で倒れたこともあって、食事内容を確認するようだった。

どうしよう……。

ずっと忙しかったリーナは、食事代わりにクオンからもらったお菓子を食べていた。

正直に書いてしまうと、クオンのことがわかってしまうかもしれないとリーナは思った。

「覚えているものだけで構いません」

悩んでいるリーナを見て、エゼルバードは食事内容を思い出そうとしているのだと思った。

今日の分は書けるかも。昨日の夕食も。

リーナは覚えていることを書いたが、クオンからもらった菓子については書かなかったせいで空欄が多くなった。

それを見たリーナは、かなりの食事を抜かしていたことに気づいた。

「二枚目は生活や勤務についてです。守秘義務があると思うかもしれませんが、これは調査ですので関係ありません。書類を見ながら答えを記入しなさい」

リーナが質問票に答えを記入し終えると、エゼルバードは内容を確認した。

筆跡が美しいですね。

召使いで美しい筆跡の者は珍しいのではないかとエゼルバードは感じた。

「ここの休養室は居心地が良いと感じますか？」

「あまりにも豪華で落ち着きません。請求が怖いです」

「請求？　医務室や休養室を使用するとお金がかかるのですか？」

「かからないのですか？」

「普通はかかりません」

「無料なのですか？　だったらとても嬉しいです！」

住み込みであれば当然では？

エゼルバードは怪訝な顔をした。

「勤務時間は早朝三時から夕方の十七時まで。残業は日によって異なり、三十分から最長六時間程度とあります。二十四時近くまで働いているのであれば、睡眠不足になるのは当然です。なぜ、休みを取らなかったのですか？」

「給与が減ったら困るからです。休みを取ると評価が悪くなって、給与を減らされると聞きました」

「なるほど。ですが、倒れてしまうのはよくありません。その場合も周囲に迷惑がかかるので、評価が悪くなってしまうでしょう」

「それもそうですね。考えつきませんでした」

忙しさのあまり体調管理ができていなかったことを、リーナは反省した。

「給与の部分ですが、十九万ギニーは基本給ですね？　残業代はどのくらいですか？」

「残業代はありません」

エゼルバードは驚いた。

「ないのですか？　全く？」

「ゼロです。どんなに残業しても、給与明細に残業代と書かれていたことは一度もありません。でも、基本給と能力給が上がって十九万ギニーになりました」

「そうですか」

残業代が高額になる場合、能力給に差し替えて人件費を抑えるのは定番の方法だった。

エゼルバードはその後も質問を続け、リーナは素直に答えた。

「内密の話があります。貴方は三日間の休養をとるよう診断されました。今日は二日目です。

明日もここで休養する予定ですが、それを変更します」

エゼルバードの様子は静かではありつつも、反論は許さないと言わんばかりの口調だった。

「明日の朝、この部屋を出て一階の医務室に行きなさい。二階の休養室は場違いで居づらいので、一階の休養室で休みたいと医者に伝えるのです」

「なぜ、そのようなことをするのでしょうか？」

「一階の休養室の待遇を知りたいのです。二階は豪華な部屋で高待遇でしょうが、一階はもっと質素な部屋で待遇も落ちます。医療関係者の対応や医務室の設備についても注意深く見ておきなさい。あとから報告してもらいます」

「どうやって報告するのでしょうか？」

「白の控えの間の付属設備を一人で掃除していますね？」

「はい」

「掃除道具を入れる戸棚に質問票を入れた封筒を置いておきます。すぐに記入して、翌日の勤務の際に戻しておきなさい。こちらで回収します」

「一階の医務室でお医者様に休養できないと言われたら、どうすればいいでしょうか？」

「具合が悪く見えるように振る舞いなさい。一日の休養が三日になったのは私のおかげです。私の指示に従いなさい」

有無を言わさない口調と威圧感に、リーナは頷くしかなかった。

「私は後宮の医務室や休養室がしっかりと病人や怪我人に対応しているのか、生活や勤務との因果関係による診断が適切かどうかを知りたいだけです。この件は内密の調査ですので、誰にも言ってはいけません。わかりましたね？」

「わかりました」

「今のうちに、ゆっくり休養しておきなさい」

エゼルバードは優雅に微笑んだ。

それは人々を魅了している微笑みだったが、リーナが感じたのは恐怖。美しい容姿と華やかな笑みの裏にある得体の知れなさを感じていた。

エゼルバードは椅子から立ち上がると、ドアの方へ向かった。

「お待ちください、ペンをお返しいたします！」

質問票は渡していたが、ペンを返していないことにリーナは気づいた。

「……見舞いの品として与えます」

振り返ったエゼルバードはそう言ったあと、部屋を出ていった。

しかし、エゼルバードの側近のロジャーがすぐにリーナのところへ来た。

「ペンを見せろ」

リーナが渡したペンを確認したロジャーはため息をついた。

「これは与えられない。召使いがこのような品を持っていると、賄賂や盗難品の嫌疑がかかりやすい。無用なトラブルを防ぐためにも回収する。いいな？」

「わかります」

ロジャーはペンをポケットにしまった。

「これは私の方から返却しておく。何か別のものを用意しよう。ペンでいいか？」

「何もいりません」

ロジャーは驚いた。

「何も？　高価なペンをもらい損ねたのにか？」

「わざわざ足をお運びくださり、ゆっくり休めと言ってくださいました。一日だった休養も三日になりましたし、二階で治療を受けることもできました。もう十分です。高貴な方の慈悲深さに心から感謝しています」

ロジャーはリーナの謙虚さと誠実さを感じた。

「そうか。念のためにもう一度言うが、この件については内密だ。いいな？」

「はい」

ロジャーは部屋を出ていくと、リーナはお茶の時間まで眠ることにした。

翌日になると、リーナは指示された通りに行動した。

二階の休養室を出ると廊下で座り込み、しばらくしてから一階の医務室へ行った。

もともと三日間の休養という診断だったため、リーナは一階の休養室でもう一日だけ休養できることになった。

◆◇◆◇◆

三日間の休養が終わった。

仕事に復帰したリーナは白の控えの間に付属するトイレに行き、掃除道具入れの中にある封筒を回収した。

「体調はどうですか？」

リーナが清掃部に顔を出すと、セーラがすぐに尋ねてきた。

「もう大丈夫です。この度は大変申し訳ございませんでした。多大なご迷惑をおかけいたしましたこと、深く反省すると共にお詫び申し上げます」

リーナは深々と頭を下げた。

「本当にその通りです。高貴な方が貴方を発見したので、清掃部は詳しく調べられました」

まずは倒れている者が誰なのか、なぜ倒れていたのかが調べられた。

召使いであることは制服でわかる。重要な部屋に入る召使いは限られているために、まずは掃除部に問い合わせがいった。

掃除部長のマーサが医務室に駆けつけてリーナであることを確認したあと、清掃部に派遣されて勤務していることを説明した。

清掃部長のメリーネも呼ばれ、リーナが担当していた仕事と倒れていた場所におかしな点がないかどうかが確認された。

そして、医者が激務による過労を判断したことから、リーナの勤務状態が精査された。

「ここ数日は臨時の仕事が続いたせいで負担がかかったという説明に納得していただけました。ですが、仕事内容について改善するように指示されました」

リーナは掃除部の召使いだけに、基本的な業務内容は掃除でなければならない。

清掃部の仕事を補助的に行うことはできるが、巡回業務については補助以上の仕事をしているということで問題視された。

「掃除部と話し合った結果、巡回の業務はなくなりました。その代わり、別の場所の掃除を追加します」

もしかして……トイレ掃除かも？

リーナはなんとなく予感がした。

「二階の応接間に付属しているトイレの掃除を担当してもらいます」

やっぱり！

リーナの予感は当たった。


新しく担当するのは、王族用の応接間に付属するトイレだった。

王族用の応接間は七部屋あるため、付属トイレの数も七つある。

リーナの担当場所は全部で十三カ所になったが、王族用の応接間は滅多に使われることがない。その付属施設であるトイレが利用されている可能性も極めて低い。

激務のようでいて、実際は相当楽な仕事内容になっていた。

リーナの新しい勤務内容については高貴な者に報告されるため、一人で担当しても絶対につらくならないような場所の掃除が割り当てられた。

「応接間の付属トイレはほぼ使用されないので、予防の掃除をするだけになりそうです。時間が余ってしまいそうなので、備品の数や評価も確認して提出しなさい。やり方は巡回の時と同じです」

セーラは書類とバインダーを取り出した。

「それでも時間が余ってしまった場合は召使い用の休憩室で待機しなさい。掃除部の部室や食堂でも構いません」

「はい」

リーナは差し出された書類とバインダーを受け取った。

「今日の予定ですが、控えの間の方の掃除は終わりましたか？」

「終わりました」

「では、ついてきなさい」

リーナは新しい仕事場を教えられることになった。


応接間は二階。

付属するトイレは廊下から直接入れるようになっており、巡回対象になっていた場所だった。

「これまでの巡回では男性用として固定値にしていましたが、実際は男女兼用です。これからは掃除を担当するので、固定値にはしません」

廊下から直接入ることができるため、必ず使用者がいないかどうかを確認する必要がある。

侍従は呼ばない。リーナが直接ドアをノックしてから少し開け、声かけをして誰もいないことを確かめる。

掃除の際は、必ずドアを開けたままにしておくようセーラは説明した。

「掃除中の札も出しておきなさい。巡回をしている警備の者が驚かないようにするための配慮です。わかりましたか？」

「わかりました」

「ここは二階で最も重要な場所にあるトイレです。信用しているからこそ、掃除を任せます」

信用されていると言われたリーナは非常に嬉しくなった。

「ここについては予防の掃除を毎日しなさい。付近にあるのは重要な部屋ばかりなので、間違えてドアを開けないように」

「注意します」

「応接間が使用中の場合、警備関係者が扉の前に立っています。そのような場合は別の場所を先に掃除しなさい。勤務時間内に掃除できそうもなければ、清掃部に来て指示を仰ぎなさい」

「わかりました」

リーナは早速掃除をすることになった。

十六時前に清掃部へ行って書類を提出すると、掃除部に戻ってマーサに三日間の休養についての謝罪をした。

マーサはリーナの努力を大いに褒め、倒れるまで働く必要はないことを伝えた。

「健康は大切です。体を労《いたわ》りながら新しい仕事をしなさい」

「ありがとうございます。これからは体調に気をつけます」

リーナはマーサの側で書類整理の仕事を手伝い、十七時に勤務を終えた。

その後は自室に戻り、封筒に入っていた質問票に記入をした。

「明日になったら、これを掃除道具入れに戻せばいいのよね？」

リーナは入浴と夕食に向かった。

◆◇◆◇◆

王族会議が終わると、クオンは無表情のまま急ぎ足で執務室に戻った。

「エゼルバードが動いた」

「予算関係？」

「そうだ」

クオンは執務机の上にある飴入れに手を伸ばしたが、途中で手を引いた。

「すごいね。ずっと食べていないよ？」

リーナに菓子を譲った日から、クオンは飴を食べていない。

お茶の時間に出される菓子も食べなくなった。執務を理由に拒否してきた健康診断も受けた。

体を動かすために双剣術の対戦訓練をするようになった。王太子の寝室で眠る日も増えた。

周囲は驚いたが、良い変化を心から歓迎していた。

「後宮の医療費を削減することを提案してきた」

「なんだって？」

プラチナブロンドと空色の瞳を持つ美貌の第二王子エゼルバードは、気まぐれでわがままな天才だ。

政務は優秀な兄の王太子がすればいいと考え、要職には就《つ》かずに好きなことをしている。

だが、王子としての活動範囲は非常に広く、社交や外交で活躍していた。

最も力を入れている分野は芸術。教育、医療、福祉、環境にも興味があるという理由で手厚く保護している。

そのエゼルバードが自らのテリトリーである医療費の削減を提案したというのは、ヘンデルにとって驚き以外の何ものでもなかった。

「増やすの間違いじゃん？」

「削減だ」

「書類は？　資料もあった？」

「国王のところにある。側近と検討したあとに私の方へ回ってくる」

「どんな感じだったわけ？」

「後宮には三つの医務室がある。地下の医療室は常に混んでいる。休養室も常時満室だ。一階や二階の医務室は混雑していない。一階の休養室は常に空きがあり、二階の休養室はほとんど使用されてない」

「二階が無駄だからいらないって？」

「なくすのは地下だ。最も設備が古い」

「なるほどね。設備が良い場所で治療や休養をさせようってことか」

「正解だ」

利用者で見ると、二階の医務室と休養室はほぼ利用されていない。

無駄に思えるが、二階の休養室は高位者用で王族や側妃が利用するかもしれないためになくせない。

一方、地下の医務室は混雑しているが、重病人は少ない。症状の多くは風邪だ。

地下の休養室が常に満室なのは、大部屋での集団感染を防ぐためだった。

そのような状況を知ったエゼルバードは、医務室の階級差別化は無意味だと主張した。

緊急事態が発生した場合は最も近い医務室で治療を受けることができる。それならば、常時設備の良い医務室で効率的に治療を行い、早期回復を目指すことで病気の蔓延や療養者数の増加を防げばいい。

地下の医療施設の予算は必要なくなるために削減。二階の休養室も緊急時に高位者が利用する一室のみにして残りは閉鎖。浮いた予算は投薬治療の強化に活用することをエゼルバードは提案した。

後宮にいる者の健康を守り医療費の無駄を探ることを理由にして、エゼルバードはこの件における正式な指揮権と調査の許可を国王に求めたことをクオンは説明した。

「なんでそんなことになったのかなあ？」

「過労で倒れている女性をエゼルバードが発見した。医者の診断を受けた時に、最長二十二時間労働であることが判明した」

「女性ってことは警備のような特別な勤務体制の職種でもないし、法律違反じゃん？」

「後宮内においては通常法よりも後宮法を優先することができる。借金を返済するために、本人の方から勤務時間の追加を希望した。強制勤務ではないと判断された」

「どうしても借金を返したくて頑張ったら倒れちゃったわけか。可哀想《かわいそう》だなあ」

「不審者に襲われた可能性や違反者による問題があったのかどうかも疑われ、聞き取り調査が行われた。その結果、医者の診断通り過労で倒れたことだけでなく、医務室や休養室に問題があるとわかった」

「偶然ってわけか。減額される予算の試算もあった？」

「詳しい調査をしないとわからない。だが、医療費は王族や側妃の命に関わる。かなりの予算をつけているはずだ」

調査の結果次第で後宮における医療予算の三分の一が減額される。

そうなれば、この件はエゼルバードの手柄ということになり、削減された予算額は褒賞としてエゼルバードの管轄する第二王子予算に振り替えることができる。

「指揮権も調査も承認されるだろう。反対する理由が全くない」

「後宮の医療費の三分の一を奪えるのか。羨ましいなあ」

「後宮の医療費に着目するとは思わなかった。父上もレイフィールも驚いていた」

「そうだろうね」

ヘンデルは頷いた。

「負けていられないね？」

「そうだな。レイフィールも後宮の無駄を見つけて予算を奪いたがっている」

「こっちも何かないか考えないとだなあ」

「次の王族会議に間に合わせるのは難しい」

「でもまあ、常時探らせてはいるからさ。確認してみる」

「リーナではないだろうな？」

クオンはヘンデルを睨んだ。

「違う。お金で釣った者だよ」

「ならいい」

「お菓子で釣った者もいるけどね」

「リーナではないだろうな？」

気にしているなあ……。

ヘンデルは笑うのを懸命に堪えた。

「違うって。あの日から、ずっとリーナちゃんとは会っていないよ」

「ならいい」

「会いに行けば？」

「行かない」

「それでいいの？　面倒な男に目をつけられていたらどうするのさ？」

「お前が余計なことをしなければ大丈夫だろう」

「俺以外にも面倒な男はたくさんいると思うよ？」

「後宮は男性の数が少ない。リーナは化粧をしていないせいもあって目立ちにくいはずだ」

「なるほど。それは言えているなあ」

リーナが面倒な王子に目をつけられていることを、クオンとヘンデルは知らなかった。

◆◇◆◇◆

リーナが掃除を担当する応接間について、特別な指示があった。

しばらくの間、後宮の応接間の数部屋が常時使用され、二十四時間の警備体制になる。

付近も含めて、関係者以外の立ち入りはできない。

応接間の掃除は中止だが、付属施設のトイレについては毎回警備関係者の確認を取り、手早く最低限の掃除や備品の補充や交換を済ませることになった。

リーナは厳重な警備体制に緊張しながら、毎日掃除に通うことになった。

「お仕事中、すみません。お掃除が終わりました」

リーナはドアの前に立つ警備の者に伝えた。

掃除をする前と終わったあとには、必ず応接間の前に立っている警備の者に声をかけることになっていた。

「わかった。少し待つように」

警備をしている一人が応接間のドアをノックすると、内側から少しだけドアが開いた。

「失礼します。掃除が終わりました」

ドアが大きく開く。

姿を現したのはロジャーだった。

「掃除に関係することで話がある。中に入れ」

「はい」

リーナは応接間に入った。

金の応接間と呼ばれる部屋は、黄色と金色を基調とした豪奢な部屋だった。

「リーナ、側に来なさい」

ソファに座っていたエゼルバードはリーナを呼んだ。

「久しぶりですね。元気にしていましたか？」

「お久しぶりでございます。元気にしています」

リーナは緊張しながら答えた。

「仕事はどうですか？　少しは楽になりましたか？」

「はい。残業はほとんどありません。過労で倒れるようなことはもうないと思います」

「そうですか。掃除に関係することで話があります。備品であるタオルのことです」

以前、リーナが回答した質問票には自由欄があった。

リーナが日々の生活で思うことや不満なこと、無駄だと思うこと、おかしいと感じることについて書くようにという説明があった。

リーナは最高級のタオルが一回使用されただけで焼却処分されていること、高価なトイレットペーパーが年一回全廃棄になっていることを書き、無駄だと指摘して提出していた。

「重要なトイレに常備されている最高級品のタオルは、使用されると焼却処分されます。王族の使用品かどうかを判別できないため、使い捨ての状態になっています。そうですね？」

「そうです」

リーナは間違いないと思いながら頷いた。

「王族の使用品をクリーニングして他の者が使うわけにはいきません。その理由はいかにも正論のように思えますが、まとめて焼却処分にしてしまえばいいという安易な考えに飛びつき、悪しき現状を許しています。これは怠慢です」

リーナはずっと無駄だと思っていたが、怠慢という言葉が出てくるとは思わなかった。

「最高級のタオルが全て使い捨て状態になっているのは無駄です。既存のやり方に問題がある場合は、改善をしなければなりません」

所詮はタオル。一年単位で考えても、処分されるタオルの費用は莫大とは言えない。

だが、この対応が改められない限り、無駄な行為がずっと続いてしまう。

後宮の歴史が何百年もあるように、何百年も無駄な行為が続いてしまうかもしれなかった。

「王家の予算も税金も無駄にはできません。些細なことでも改善していけば、無駄や悪しき部分が減ります。より大きな無駄や悪しきことを防ぐことにもなるでしょう」

リーナはその通りだと思った。

「最高級タオルの扱いについては変更されました。基本的には再利用されます」

「再利用？　本当でしょうか？」

リーナは驚いて聞き返した。

「本当です。私の方から改善策を提案して、国王の承認を取りました。洗濯部にも変更内容を通達しています」

今後、王族が使ったタオルは直接ごみ箱に捨てられる。

使用済みタオル入れにあるものは王族以外の者が利用したタオルということになり、クリーニングに回して再利用されることをリーナは教えられた。

「王族自身が使用したタオルを入れる場所を変えるだけで、すぐに無駄をなくすことができます。さらに王族がハンカチを利用すれば、捨てるタオルは一枚も出ません。非常に簡単です」

「すごいです！」

王族が使用したタオルかどうかを見分けるのは難しいとリーナは思っていた。

しかし、王族はわかる。自分で使った場合はごみ箱に捨てればいい。それで解決できることだとわかった。

「リーナは洗濯部ではありません。変更内容を伝えられないかもしれないので、直接伝えることにしました。高額なトイレットペーパーの一年交換と全廃棄もなくなります。質問票にあった無駄は改善されました。嬉しいですか？」

「とても嬉しいです。わざわざ教えてくださり、ありがとうございました」

リーナは満面の笑みを浮かべ、深々と頭を下げた。

「リーナの進言は役立ちました。そのことを正当に評価したいのですが、後宮の情報漏洩に問われないためにも内密にしなければなりません」

「改善していただけたので十分です」

「リーナは本当に謙虚ですね」

エゼルバードはそう言いながら立ち上がると、ポケットからペンを取り出した。

「これは見舞いの品として一度与えたものです。高価なことから問題になる可能性があり、私の側近が懸念して回収しました。そうですね？」

「はい。そうです」

「リーナの謙虚さも善良さも勤勉さも評価しています。何よりも、私の指示に従って役立ちました。このペンを個人的な褒賞として与えます。受け取りなさい」

「よろしいのでしょうか？」

「私の気が変わる前に受け取るのです」

「わかりました」

リーナは両手でうやうやしくペンを受け取った。

部屋の中にいたロジャーと護衛騎士が、リーナの忠誠と貢献を褒め称える拍手をした。

「ありがとうございます。一生大切にします」

「これは他者へ貸し出すためのペンでした。新しいものではありませんが良い品です。インクも補充させました。私的な手紙を書く時にでも使えばいいでしょう」

「はい」

「ここでどのような話を聞いたのかは秘密です。タオルが再利用されることを教えられ、ごみ箱にあるタオルは焼却処分するよう通達されただけです。わかりましたね？」

「わかりました」

「貢献に免じて教えます。私は第二王子のエゼルバードです」

衝撃の事実にリーナは目を見開いた。

「これからも王家のために尽くしなさい。後宮で働くことは王家に尽くすことと同じです。仕事に励むのです」

「はい。一生懸命励みます！」

リーナは力を込めて答えた。

「用件は終わりです。下がりなさい」

「失礼いたします」

リーナはしっかりと頭を下げて一礼すると、部屋を退出した。

廊下に出たリーナはすぐに動けなかった。

まさか本物の王子様に会えるなんて……。

貢献を認められ、褒賞がもらえたことも夢のようだとリーナは感じた。

「おい、大丈夫か？」

警備の者に声をかけられ、リーナはハッとした。

「大丈夫です！」

リーナは嬉しさとやる気を感じながら、次の掃除場所へと向かった。

◆◇◆◇◆

クオンは後宮に関する書類を見つめていた。
エゼルバードが後宮の医療費について調査した結果、多くの無駄が発見された。
試案通り地下の医療施設は閉鎖され、医療予算の三分の一が削減されることになった。
備品に関する無駄も見つかり、改善されることになった。
「医療費についてはともかく、削減される備品費がこれほどとは思わなかった」
備品が廃棄されないことで浮いた費用は、クオンの予想よりも多かった。
その理由は予算だからで、実際の支出金額よりも多めに計上されていた。
また、備品そのものの費用だけでなく、納品に関わる諸費用の経費も節減できる。
この二つが合算されたことで、最終的な金額が増えていた。
「今なら飴を食べてもいいよ？」
クオンはため息をつくと、飴入れの中にある飴を取って口に放り込んだ。
ガリガリという音が響く。

「また噛んでいるよ？」

ヘンデルはそう言ったが、心情的にも噛み砕きたいのだろうと思った。

「せっかくリーナちゃんが教えてくれたのに、無駄にしちゃったね」

クオンは顔をしかめると、追加の飴を口の中に放り込んだ。

「無駄をなくそうとしているというのに、無駄なことをしてしまった」

「まあね。でも、王族がタオルをごみ箱に捨てればいいなんて思いつけないなあ」

クオンも同じだった。自分には思いつけないと感じていた。

「やっぱり発想がすごいというか、そういうところが天才なのかなあ？　備品費を国王に譲って自分は医療費を確保する判断もね。側近が考えたのかもしれないけれどさあ」

ヘンデルはぼやいた。

「エゼルバードは間違いなく天才だ。私は咄嗟《とっさ》の機転が利かない。独創的な発想力もない」

「そんなことはない。俺から見れば十分に機転が利くし、独創的な発想力もある。執務の天才だよ。第二王子のようにすごい絵を描く才能はないけれどね」

「後宮の無駄な予算を次々とエゼルバードが暴き、第二王子予算に取り込みそうな気がする」

「それは国王も第三王子も思っている。後宮側が一番警戒していそうじゃん？」

「そうかもしれない」

「後宮自体が無駄だしね。後宮がなくなるまでは何かが残っているってことだよ」

「その通りだ」

クオンは後宮のことを考えようとしたが、頭の中に浮かんだのは後宮にいる召使いの方だった。

元気にしているだろうか？

リーナはきびきびと仕事をこなしていたが、超過勤務続きで休日がない。

エゼルバードが過労で倒れた女性を発見しただけに、クオンはリーナのことが気になった。

だが、王太子が後宮に足繁《あししげ》く通っていると思われたくない。

リーナの仕事を邪魔したくもない。食事時間がなくなり、残業が余計に増えても困るとクオンは思っていた。

「クオン？　何かあるなら教えてよ」

「なんでもない」

クオンはもう一度、後宮の書類を読み返すことにした。

◆◇◆◇◆

後宮の医療施設に関する全体通達が行われた。

医務室の階級別利用が撤廃された。

今後は階級に関係なく、誰でも一階と二階の医務室を利用できる。

地下の医務室と休養室は閉鎖。二階の休養室の一部も閉鎖になるが、効果が高い投薬治療によって早期回復を目指し、休養室の利用率や回転率を良くする方針になった。

この変更によって、下位者の医療対応が劇的に改善された。

後宮における医療を全ての階級に充実させるためにも、二階の医務室を有効活用していくことになった。


「改善されて本当によかった」

全体通達を聞いたリーナは嬉しくなった。

誰にも言えないが、リーナは第二王子の指示に従って行動した。

二階と一階の医務室と休養室を利用して質問票に回答した。

たったそれだけのことかもしれないが、それでも役立ったのは事実だ。

第二王子は備品の無駄についても対策してくれ、褒章としてペンもくれた。

リーナにとって王族は雲の上の存在だったが、階級が低い人々のことも考え、問題を解決するために動いてくれることがわかった。
これからは王家への忠誠を誓って、懸命に尽くしたい。
胸を張ってそう答えようとリーナは思った。

第六章　第三王子と休憩室

第二王子の調査報告に基づき、国王はさまざまな改善をするよう後宮に命令した。

その中には病人や怪我人が出にくい環境に改善することも含まれていた。

後宮は可能な限りの残業を禁止して、必ず休みを取らせることにした。

リーナは清掃部長のメリーネに呼び出され、早朝勤務を継続する代わりに残業は禁止。週に一度は休みを取るように厳命された。


「特にすることがないかも……」

休日になったリーナは目覚めた瞬間にそう思った。

いつもよりも睡眠時間を多く取り、時間をかけて朝食を食べてみる。

その後は中庭に来てベンチに腰掛け、深呼吸をした。

太陽の光が気持ちいい。青い空も綺麗……。

しかし、そこからどうすればいいのかがわからない。

通常の勤務時間帯だけに、時々人が通っていく。

リーナはぼんやりしていたため、自分に誰かが近づいてくることに気づかなかった。

「おい、そこの召使い」

レイフィールは中庭でぼんやりしているリーナに声をかけた。

「仕事はどうした？」

黒い軍服？　軍人？

後宮の警備を担当しているのは、後宮警備隊。

購買部に出入りしている者の中には王宮警備隊や騎士と呼ばれる上位の警備関係者もいるが、国軍の者は見かけたことがないとリーナは思った。

「今日はお休みなのです」

なぜ、後宮に軍人がいるのだろうと思いながらリーナは答えた。

「休みであれば私服だろう。制服を着用しないのではないか？」

「私が知る限りでは、休日も制服を着用する人が圧倒的に多いです。その方が緊急の呼び出しにもすぐに対処できます」

「そうか。そのような理由であればわかる。それで、お前は何をしている？」

「日向《ひなた》ぼっこ？」

特に何もしてないため、リーナはそう答えた。

「なぜ、疑問形になる？」

「することがなくて暇だと思っていました。普段は仕事ばかりなので、休日に何をしていいのかわからなくて。どうしようかと考え中でした」

レイフィールはまじまじとリーナを見つめた。

「化粧をしていないな？　何歳だ？」

「十八歳です」

「成人でよかった。守秘義務が強固になる。借金があるか？」

「あります」

「手伝いを探している。金が手に入るぞ。ついてこい」

お金が手に入る？

絶対に怪しいとリーナは思った。

「お断わりします。貴方は軍人ですよね？　なぜ後宮にいるのですか？　国軍は後宮の警備を担当していません。購買部にだって軍人は来ません」

そうか。後宮には軍人がいない。

自分の服装は目立つばかりか怪しまれるということに、レイフィールは気づいた。

「後宮は規則が厳しいところです。冗談であっても規則違反になるようなことを言われては困ります。お金には釣られません！」

リーナは毅然とした態度で言い放った。

「なるほど。勇ましく善良そうだ。お前は王家に忠誠を誓うか？」

突然の質問にリーナは驚いたが、答えは決まっていた。

「もちろんです！」

「よし。では、第三王子のために働け」

「第三王子？」

「知っているか？」

「国民に一番人気がある王子様ですよね？　成人式のパレードを見に行きました」

「そうか！　お前とは縁がありそうだ」

レイフィールは喜んだ。

「地下のことを知っているだろう？　召使いの部屋は地下にあるはずだ」

「そうですね。でも、それが何か？」

「ついて来い。第三王子のためだ。金のためではない」

レイフィールはそう言って歩き出した。

第三王子のためなら行くしかないかも。

リーナはレイフィールのあとについていった。


レイフィールがリーナを連れてきたのは、黒の応接間だった。

部屋の中にはレイフィールの友人兼側近のローレンがいた。

ローレンは豪華な私服を着ており、近寄りがたい雰囲気がいつも以上に増していた。

「連れてきた」

レイフィールはそう言うと、ソファの上に勢いよく座った。

「名前と所属を言いなさい」

ローレンが厳しい口調でリーナに尋ねた。

「掃除部のリーナです」

第三王子かもしれないと思ったリーナは素直に答えた。

「どこを掃除しているのですか？」

「二階のトイレです」

ローレンはレイフィールの方に顔を向けた。

「地下に詳しい者を連れてくるはずでは？」

「召使いの部屋は地下だ。知っているに決まっている。二階についてもわかるなら好都合だ」

「それもそうですね。では、ここに二階の図面があります。貴方が掃除している場所を教えなさい」

ローレンはテーブルの上にある図面を指さした。

「お側に寄ってもいいということでしょうか？」

「構いません」

リーナは図面を覗き込んだ。

「ここと」

「そこにある青いペンで書き込みなさい」

リーナは言われた通り、テーブルの上にある青いペンを使って書き込んだ。

「トイレばかりですね」

「すみません。でも、担当場所を決めたのは上司です」

「地下についてもわかるのですね？」

「はい」

「では、地下の図面を見せます。自分の部屋がどこかを書きなさい。青い丸だけで構いません。記入された部分に間違いがないかどうかを確認しなさい」

「はい」

リーナは自分の部屋に丸をつけ、既に記入されている部分を確認した。

「違うところがあります」

「どこですか？」

「医務室と休養室は閉鎖されました」

「それは知っていますが、閉鎖されただけでは？」

「え？」

リーナは意味がわからなかった。

「閉鎖されたので医務室や休養室ではないと思うのですが、違うということですか？」

「閉鎖は使用禁止と同じです。医務室や休養室の名称が倉庫などに変更されているのであれば、書き直します。変更されているのですか？」

リーナは理解した。

「申し訳ございません。勘違いしていました。このままで大丈夫です」

「他にはありますか？」

「小食堂が違います。今は会議室です」

「では、青いペンで会議室と書きなさい」

「わかりました」

リーナは違う名称になっているところに、自分の知っている名称を書き込んだ。

「私が知る限りでは以上だと思います」

「次は一階です」

リーナは一階の図面を確認した。

これまではなんとなく広いと感じていただけだったが、図面にすると本当に広いことがわかりやすかった。

「一階も終わりました」

「では、二階です」

リーナは二階の図面を見た。

既に自分が担当している場所については書き込みをしているが、知らない情報の方が圧倒的に多かった。

「わからないようならそう言いなさい」

「自分が担当している場所から確認していたので……正直、驚いています。こんなに多くの部屋があるなんて思っていませんでした」

「それはまずいですね」

ローレンはリーナに鋭い視線を向けた。

「こちらは情報を得たいのであって、余計な情報を与えたいわけではありません。必要な情報を手に入れたあとは用済みです。口封じをしないといけませんね」

リーナは表情を変えた。

「口封じ？」

「ですが、貴方は選ばれた者です。ここで見聞きしたことを誰にも話さないと誓うのであれば、特別に見逃します。誓いますか？」

「誓います！」

リーナはすぐに答えた。

「命拾いしましたね」

ローレンがそう言っても、リーナの不安は消えなかった。

「リーナが怯えている。可哀想だ。少しは手加減してやれ」

ソファでくつろいでいたレイフィールが言った。

「それは命令ですか？」

「違う」

「では、関係ありません」

レイフィールはため息をついた。

「リーナは金が手に入ると言われても、手伝うのを断った。第三王子のためにここに来ている。成人式のパレードも見に行ったらしい。そうだな？」

「そうです」

「良い者だろう？」

「国民であれば王家に忠誠を誓うのは当然です。後宮で働くのであれば、金銭や物に釣られてはいけません。当たり前のことだというのに、特別な配慮など必要ありません」

「その当たり前ができない者もいる。リーナは大丈夫だ。協力者を脅すようなこともしたくない。第三王子の役に立っていることを褒めるべきではないか？」

「私が褒めるとでも？」

「わかった。私が褒める」

レイフィールはリーナの方に顔を向けた。

「リーナのおかげで図面の情報を更新することができた。評価する。よくやった」

レイフィールは褒めたつもりだったが、リーナの表情は変わらなかった。

「金はいらないと言ったが、やはり別のものをやろう。働いた分の成果があるのは当然だ。何がいい？」

「いりません」

リーナは答えた。

「いらないのか？」

「いりません。ですが、確認したいことがあります」

「なんだ？」

「第三王子のために役立てたのは嬉しいのですが、そのせいで処罰されたり解雇されたりしないですよね？」

「大丈夫だ。既に知っている情報の確認だからな。道を尋ねられて答えたのと同じだ」

「それもそうですね！」

リーナは安心した。

「ありがとうございます。これで終わりであれば、失礼してもいいでしょうか？」

「何かあるか？」

レイフィールはローレンに視線を移した。

「この図面を見て、何か思いついたことはありませんか？　不審なことや怪しいこと、違和感を覚えたことなどです。無駄なことでも構いません」

「無駄ですか？」

「第二王子は後宮の医療費に無駄があると指摘して改善しました。第三王子も無駄があるとわかれば、改善してくれるかもしれません」

もしかして、第三王子も第二王子のようにいいことをしたいのかも？

そのような事情であれば、リーナは第三王子の力になりたいと思った。

「すぐには思いつかないので、少しだけ時間をください。考えてみます」

リーナはそう言って考え込んだ。

「立ったまま考えるのも疲れる。ソファに座って考えろ」

レイフィールが着席を促した。

「では、ちょっとだけ座らせていただきます」

リーナはソファに腰を下ろした。

ローレンはソゴンに行くと、菓子が載っている小皿を持ってリーナのところに来た。

「食べなさい。甘いものを食べると脳に栄養が届き、いい考えが浮かぶかもしれません」

リーナは驚いた。

「珍しい。お前が自ら菓子を与えるとは。餌付けか？」

レイフィールも驚いていた。

「毒見です」

リーナはがっかりした。

「早く毒見しなさい」

突然そう言われても……。

怖いと感じたリーナは手を出せなかった。

「大丈夫だ。私がさっきつまんだ。毒は入っていない」

レイフィールがリーナを安心させるように言った。

「たまたまハズレを引いただけでしょう。一番美味しそうだと思うのにしなさい。あるいは、怪しいと思うものを毒見するのです」

「本当に性格が悪いな。素直に食べさせてやれ」

「このような性格であることは知っているはず。早く食べなさい」

リーナは恐る恐るクッキーを一枚手に取ると、覚悟を決めて食べた。

「苦しくなりませんか？」

「……はい」

「遅効性の毒かもしれません。一カ月後に症状が出るかもしれませんね」

「一カ月後？　そんな毒があるのですか？」

レイフィールが笑い出した。

「そうじゃない。本当に大丈夫だ。意地悪の罰として茶を用意させるから許してやれ。さっさと茶を持ってこい」

「命令ですか？」

「命令にする」

「わかりました」

命令？　あの人は第三王子じゃないの？

軍人の方が偉いのであれば、冷たい容貌の意地悪な男性は貴族出自の部下なのかもしれない
とリーナは思った。

「あの……お茶は結構です。お菓子よりもよっぽど毒が入っていそうなので」

「鋭い指摘だな！」

リーナの言葉を聞いたレイフィールは余計に笑い出した。

ローレンはリーナにお茶を淹れて持ってきた。

「毒見しなさい」

「味見のことだ。わざと毒見と言い換えている。悪い冗談だ」

それで笑っていたのね……。

リーナはお茶を飲んだ。

「どうだ？　美味しいか？」

「美味しいです」

「菓子と茶を堪能したのです。何か考えなさい」

「急かすな。どうせ今日は休みで暇なのだろう？　ここでくつろいでいけばいい。ついでに考えればいいだけだ」

確かにリーナは暇だったが、悪い冗談を言う意地の悪そうな男性がいる。できるだけ早く退出したいというのが、リーナの本音だった。

「あっ、そういえば」

意地悪そうな男性ということで、リーナは修理部の侍従を思い出した。

「何かあるのか？」

「もう一度、二階の図面を見せていただいてもいいでしょうか？」

「構わない」

リーナは図面をざっと確認した。

「やっぱりです。一つしかありません」

「何か足りないのか？」

「わかるように説明しなさい」

「侍従の休憩室は三つありますが、一つしか載っていません」

水漏れが発生した際、修理部の侍従を探さなければいけなくなり、リーナは教えられた場所にいるかどうかを確認しにいった。

「第二休憩室と第三休憩室の名称が古いままで更新されていないのかもしれません」

「侍従の休憩室が三つ？」

ローレンは怪訝な表情になった。

「聞いたことがありません。一つしかないと思っていました。どこですか？」

「えっと……ここが第二休憩室です。やっぱり違う名称になっています」

「撞球《どうきゅう》の間が？」

レイフィールは驚愕した。

「この部屋の中がどのようになっているのかを知っているか？」

「大きな台があって、小さい球を棒で突く遊びができます。それをしながら侍従たちは休憩をしているようです」

「絶対に撞球の間だ！」

「まさか侍従がビリヤードで遊んでいるのですか？」

レイフィールもローレンも驚かずにはいられない。大発見だと思った。

「もう一つの休憩室は？　三つあると言いましたね？」

「第三休憩室はここです。喫煙の間とあります。タバコや葉巻を吸う人がたくさんいました」

レイフィールもローレンも、リーナの言葉が信じられなかった。

この二つの部屋は侍従のための部屋ではない。王族のための部屋だった。

侍従の休憩室に変更されるわけがない。そのような変更が許されるわけがなかった。

事実であれば大違反。悪質であれば、反逆罪に問えるほどのことだった。

「本当にここは侍従の休憩室なのか？　勘違いではないな？」

「私が知る限りでは、侍従の第二休憩室と第三休憩室です。名称を変更しないといけません」

「確認する。ローレン、アレクと見て来い。念のため、人数を増やして行け」

「わかりました」

ローレンは急いで部屋を出ていった。

レイフィールは非常に嬉しそうな表情をリーナに向けた。

「リーナの言ったことが本当なら、大手柄だ」

「嘘はついていません。本当にそう教わったのです」

「私はリーナを信じたい。だが、一日だけ調査のために利用していたのかもしれない」

侍従が考えそうな言い訳をレイフィールは口にした。

「水漏れの修理が終わるまでの四日間は、毎日そこに担当者がいるかどうかを探しに行きました。少なくとも四日間は休憩室として使用されていました。何人もの侍従が休憩していました」

「四日間か。何人ぐらいが部屋にいた？　多かったのか？」

「第二休憩室は十人前後です。第三休憩室の方が多かったです。二十人くらいはいたと思います。あの部屋には壁沿いに腰かけ椅子があるのですが、それがほとんど埋まっていました」

「腰かけ椅子に座って喫煙していたのか？」

「そうです」

「楽しみだ」

レイフィールは笑顔だった。

その笑みがどのような種類のものなのか、リーナは気づけなかった。

リーナはお茶とお菓子を楽しみながら、普段の生活や仕事のこと、借金についてレイフィールと話していた。

やがて、ローレンが戻ってきた。

「素晴らしい報告があります」

「聞こう」

「撞球の間に六名、喫煙の間に十八名の侍従がいました。侍従長補佐もいました」

「捕縛したか？」

「当然です。現行犯を逃す手はありません。アレクが指揮を執っています」

「明日までに間に合いそうか？」

明日は王族会議が開かれる予定だった。

「アレクからの報告次第です」

「侍従長補佐か。まああだな」

「あえて公表せず、罠を張っては？　休憩室なので、毎日違反者を捕縛できそうです」

「現行犯として逮捕したいのはある。だが、人数が多いほど露見しやすい」

「他の問題もあります。この召使いの処遇についても」

レイフィールの視線がリーナに注がれた。

その表情は真剣そのもの。これまで機嫌良く話していた雰囲気は一切なかった。

「仕事をサボって遊んでいる侍従がいたようだ。捕縛して取り調べをする。守秘義務がより重くなったが、リーナなら大丈夫だ。誰にも話さない。そうだな？」

「はい！」

リーナは必死な表情で何度も頷いた。

「ということだ。大丈夫だろう」

「余計なことを話せば、身を滅ぼします。命を粗末にしないように」

「これ以上脅すな。不安を煽り過ぎると、逆に秘密を守りにくくなる」

レイフィールは厳しい口調でローレンを注意した。

「第三王子のために働いただけだ。何も心配はいらない」

そうだといいけれど……。

リーナは心の中で呟いた。

「残っている菓子をやろう。部屋で食べればいい」

「持ち帰らせるのですか？」

ローレンは眉をひそめた。

「リーナは二人部屋だが同室者はいない。一人で使用しているなら大丈夫だろう」

「そうでしたか」

ローレンは小皿を持ち上げ、リーナのエプロンのポケットに菓子を流し込んだ。

「これは外部の者に出される菓子です。どうやって手に入れたのかを聞かれると面倒なので、誰にも見つからないようにしなさい。いいですね？」

「だったらいらないです」

「これは口止め料です。受け取った以上は返せません。もう行きなさい」

「失礼します」

リーナは一礼すると部屋を出た。

ようやく解放されたと感じたが、ゆっくりしている暇はない。

休日だけに、二階の応接間付近にいるのを誰かに見られるのはよくない気がした。

お菓子を持っていることを知られたら問題になりそう……。

リーナは自分の部屋に急いで戻ることにした。

◆◇◆◇◆

後宮の廊下は走ってはいけないことになっているが、緊急事態であれば走ってもいい。

リーナの心情としては緊急事態だった。

ところが、そんな時に限って知り合いに見つかった。

「リーナ！　走ってはいけないよ」

名前を呼ばれたリーナはピタリと立ち止まり、声がした方向を見た。

パスカルがいた。

「申し訳ありません」

「かなり急いでいたね？　緊急事態？」

リーナは緊急事態だと言えなかった。

「申し訳ありません。誰もいないと思って」

「誰かに見つかってしまうと注意される。上司に報告されてしまうかもしれないよ？　僕は注意をしても上司には報告しないけれどね」

「パスカル様のご配慮に感謝いたします」

リーナは深々と頭を下げた。

「急いでいるので、これで」

「待って」

すぐにリーナはパスカルに呼び止められた。

「何が入っているのかな？」

リーナは瞬時に緊張した。

「何が、ですか？」

「ポケットの中身だよ」

リーナはエプロンのポケットの中身が見えないように、上の部分を手でずっと押さえていた。

「手を退けて」

リーナは言われた通りにした。

エプロンのポケットの中を見たパスカルは眉をひそめた。

ポケットの中にあるのはむき出しの菓子。しかも、外部の者に出されるクッキーだった。

「これは誰にもらったのかな？」

リーナは黙ったまま俯いた。

「事情があるようだね。ついてきて」

「……はい」

パスカルが向かった先は、青の控えの間だった。

「ここに入って」

リーナはパスカルに言われた通り、青の控えの間に入った。

「座るように」

パスカルはトイレの方も無人であることを確認すると、リーナの隣に座った。

「ここには僕とリーナだけだ。何があったのかを隠さずに話してほしい。でなければ、違反者として警備隊に引き渡さなければならない」

「そんな……お菓子を持っていただけで？」

「これは外部の者に出される菓子だ。リーナが持っているのは変だよね？」

その通りだとリーナも思った。

だからこそ、急いで自室に戻ろうとしていた。

「本来であれば、すぐに警備隊のところへ連れていくべきだと思う。でも、そうしたくない。事情があるなら僕に話してほしい」

リーナは黙っていた。

話せない。悪いことはしていない。第三王子のために働いただけだと思っていた。

「何も言ってくれないと見逃せない。下手をすると僕まで違反になってしまう」

そんな……パスカル様に迷惑をかけたくないのに。

リーナは困ってしまった。

「警備の者から厳しい取り調べを受けても黙っていられる？　軽い処罰では済まない。投獄になるかもしれない」

リーナは手を握り締めながら俯いた。

「リーナが良くないことに巻き込まれていないか心配だ」

パスカルは不安そうな表情でリーナを覗き込むが、リーナは視線を合わせようとはしなかった。

「じゃあ、こうしよう。何も言わなくていい。その代わり、僕の質問に合わせて首を上下左右に振る。首の体操をするだけで、事情を察してもらえるかもしれない」

なるほどとリーナは思った。

「このお菓子は誰かにもらったものだね？」

リーナは頷いた。

「これが特別なお菓子だと知っていてもらったのかな？」

リーナはもう一度頷いた。

「これを持っているのを誰かに見られたくなかった。だから手でポケットの上を押さえ、急いでいた。そうだね？」

その通りだと思いながらリーナは頷いた。

「これをどうするつもりだったのかな？　食べるつもりだった？」

ふと、パスカルは気づいた。

「もしかして、捨ててくるように言われたのかな？」

菓子に問題があった。そこで偶然通りがかったリーナに菓子を捨てるように命令した。

そうであれば、リーナが外部の者に出される菓子を持っていてもおかしくない。リーナが急いでいたのも、何も言えないのもわかる。

「後宮の安全に関わる問題だよ。変な味の菓子だとか、毒入りだと言われなかった？」

後宮の安全に関わる問題とまで言われてしまうと、何も言わないわけにもいかないのではないかとリーナは感じた。

「これはご厚意でいただいたのです。普通のお菓子ではないので、誰にも言うなと口止めされました。既に手をつけていたものなので、毒入りではないと思います」

「ただもらっただけ？　食べていいよって？」

「はい」

パスカルは拍子抜けした。

リーナが嘘を言うとは思えなかった。

しかし、別の疑問が生まれた。

「お菓子をもらえたってことは、リーナはその外部の者と知り合いなのかな？」

「知り合いではありません。今日、初めてお会いした方です」

「どうしてお菓子をくれたのか、不思議に思わなかった？」

「パスカル様も初めてお会いした時、親切にしてくださいました」

パスカルは困ったが、曖昧《あいまい》にすることはできないと思った。

「どんな者にもらったのかな？　外部の者に間違いないよね？　特徴は？」

「パスカル様」

リーナはまっすぐにパスカルを見つめた。

「後宮で働くのは王家のために働くのと同じです。だからこそ、言えません。王家のためです。悪いことはしていません」

パスカルは理解した。

リーナは王家のためだと言われ、外部の者に協力するよう言われた。命令されたのかもしれない。そして、その見返りか口止め料として菓子を与えられた。

「じゃあ、僕も言わないといけないかな」

パスカルは身分を明かすことにした。

「王太子の側近パスカル・レーベルオードとして命令する。何があったのか、正直に話すように。命令に従わなければ、重大な違反行為の可能性を考慮して、後宮警備隊に引き渡す」

王太子の側近？　重大な違反行為？

リーナは驚いた。

王家のために働いたはずというのに、逆に疑われてしまったと感じた。

「王族であれば僕の命令を取り消すことができる。でも、リーナには無理だ。王族の側近である僕の命令に従うしかない。わかるね？」

「王族じゃないとダメなのですか？」

「そうだよ。僕は王太子の側近だからね。自分で言うのもなんだけど、かなり偉い立場だ」

リーナは考え込んだ。

「じゃあ……部下だったらどうですか？」

「部下？　それは王族の部下ということかな？」

「そうです」

今度はパスカルが考え込んだ。

ここは後宮。側妃候補の様子を見に来た王族の側近が出入りする。

その一人に何か言われたのかもしれないとパスカルは推測した。

「僕は王太子の側近だ。第二王子や第三王子の側近に何かを命令されたとしても、序列を考えれば王太子の側近である僕の命令を優先しなければならない」

「先ほど、第三王子の部下に会いました」

「第三王子の部下か」

リーナが話すことを選んだため、パスカルは安堵した。

説得に応じないために命令したが、本心としては命令したくなかった。

「どんな風にどこで会ったのかも全部話して。嘘を言ってはいけないよ。いいね？」

「……はい」

リーナは中庭で軍人に会ってからパスカルに会うまでについて話した。

「侍従の休憩室が三つあるのは本当？」

「侍従から聞きました。実際に侍従たちが使っているのも見ました」

「ビリヤードや喫煙をしていたわけだね？」

「大きな台の上に小さなボールを置いて、細い棒で突く遊びのことならそうです」

撞球の間も喫煙の間も王族用の部屋。侍従が使用できる部屋ではない。

国王の許可がなければ重大な違反になる。不敬罪や反逆罪に問われる可能性さえあった。

「第三王子の部下の名前はわかる？」

「一番偉そうな軍人の名前はわかりません。でも、一緒にいた人はローレンです。アレクという人もいるようです。本当に侍従の休憩室なのか、確認に行かせていました」

「一番偉そうな軍人は黒髪で緑の瞳、容姿が整った者だった？」

「そうです」

それは部下じゃない。第三王子のレイフィールだ。

パスカルは考え込んだ。

レイフィールは常に軍服を着用している。特殊軍の軍服の時は黒。側近のローレンと一緒に黒の応接間にいたのであれば間違いない。

後宮内で問題が発生したのであれば、王太子に報告すべきではある。だが、既に第三王子がその事実を知り動いている。しかも、現行犯で侍従を捕縛している。

明日の王族会議で発表しそうだな……報告しても無意味か。

パスカルはどうするのかを決めた。

「そのお菓子は処分しないといけない。僕だけなら目をつぶることもできるけれど、他の者に知られたら無理だ。処罰されてしまう可能性が高い」

「いらないと言いました。でも、口止め料としてポケットに入れられて、部屋を出ていくように言われたのです」

「だったら、口止め料は受け取らないことにしよう」

なんらかの事情でこのことが露見しても、口止め料を受け取っていなければ、重い処罰にはならないはずだとパスカルは説明した。

「僕は何も言わない。でも、軍人たちはわからない。情報提供者としてリーナの名前が出ると、後宮の情報漏洩に問われるかもしれない」

「そんな……」

「大丈夫だよ。僕がいる」

パスカルはリーナを安心させるように言った。

「この件でリーナは悪くないと口添えできる。その代わり、僕の言う通りにしないといけないよ。お菓子を捨てに行こう。できるだけ早い方がいい。おいで」

「はい」

リーナはパスカルと一緒に隣のトイレに行き、お菓子を捨てて水で流した。

エプロンのポケットの中のカスも捨て、手もしっかりと洗った。

「少し待っていてくれる？」

「はい」

パスカルはドアを開けて出ていった。

リーナは掃除道具を取り出すと、床の掃除をすることにした。

しばらくすると、パスカルが戻ってきた。

「掃除をしていたのか」

「お菓子の細かいクズが落ちていないようにと思って。ここは私の担当ですし、先に掃除しておけば勤務も楽になります」

「そうだね。ここの掃除担当がリーナでちょうどよかった」

パスカルはポケットから小さな箱を取り出した。

「これをあげる。購買部で売っているものだから持っていてもおかしくない。さっきのお菓子の代わりだよ」

リーナは驚いた。

「もしかして、わざわざ買ってきてくださったのですか？」

「リーナにお菓子を食べさせたくて。本当はリーナの好きなケーキにしたかったけれど」

「パスカル様は私のことを考えて問題にならないように対応してくださいました。それなのに他のお菓子をいただくなんて」

「リーナは頑張っているし、王家のために尽くそうと思っている。秘密にしなければならないとしても、僕はリーナのことをわかっている。これはその証拠だよ」

パスカルは優しくリーナの手を取ると、菓子の箱を持たせた。

「でも、リーナが問題に巻き込まれる可能性がある。これからは僕に相談してくれないかな？」

今日会った軍人や一緒にいたローレン、アレクという者に何かを命じられた場合、取りあえずは従う。そのあとで何があったのかを教えるようにパスカルは伝えた。

「何も知らないとリーナを助けることができない。でも、事情を知っていれば違う。僕は王太子の側近だ。リーナを守れる」

「守ってくれるのですか？」

「そうだよ。僕は時々後宮に来る。相談したいことがあれば、ここの掃除道具入れに手紙を入れておけばいい。取りあえず、担当している掃除の場所や掃除の時間を書いておいてくれないかな？　それに合わせて会いにいくよ」

しかし、絶対にリーナやパスカルの名前を書いてはいけない。差出人や受取人がわからないようにするようパスカルは注意した。

「ただの相談なのに情報漏洩だと思われては困る。わかったね？」

リーナは気づいた。

既にクオンや第二王子に言われ、手紙のやり取りをしたことがある。それは情報漏洩になるかもしれない行為だった。

そして、パスカルの指定した場所はクオンの指定した場所と同じだった。

「無理です。ご迷惑をおかけしたら大変です」

「迷惑じゃない。僕がそうしたい。リーナのことが心配だから」

パスカルの優しさを嬉しく思いつつも、困ったことになったとリーナは思った。

クオン様にも迷惑がかかったら……。

クオンのことは秘密にするよう命令されている。話せないとリーナは思った。

「でしたら、別の場所にしていただけないでしょうか？」

リーナは恐る恐る尋ねた。

「別の場所？」

「掃除する時間は状況によって変わるので……」

「最初に掃除するのはどこかな？」

リーナは悩んだ。

現在は白の控えの間を最初に掃除しているが、第二王子のエゼルバードが指定していた場所だった。

「また何かを隠そうとしているね？　僕にはわかる。リーナは真面目で優しいから嘘をつけない。そのせいで苦しい気持ちになってしまうこともある」

リーナは否定できなかった。

「話してくれないかな？　一緒に苦しみを分かち合える。助けることだってできる。僕を信じてほしいんだ」

パスカル様を信じたい……。

リーナは心を強く揺さぶられた。

「最初に掃除をするのは白の控えの間です。でも、掃除道具入れには第二王子殿下からの手紙があるかもしれなくて」

「第二王子？　第三王子ではなくて？」

パスカルは驚愕した。

「第二王子殿下です」

「リーナは第二王子殿下を知っているということかな？」

「知っています」

リーナは勤務中に過労で倒れてしまい、第二王子に発見されて医務室に運ばれた。

その時にあれこれ質問され、二階や一階の休養室について教えるよう言われた。

そして、手紙の受け渡しに白の控えの間のトイレにある掃除道具入れを利用したことをリーナは説明した。

「質問票が置いてあったので、答えたものをまた同じ場所に置いておきました。それが役に立ったらしく褒められました。それっきりなのですが、一度だけとは言われていないのです」

これで終わりなのかどうかを確認したくても、不敬になりそうで怖いと思っていることもリーナは話した。

「仕方がないので今も確認しています。掃除する時には掃除道具を取り出すわけですし、その際に何かあるかどうかを確認すればいいだけです。なので、パスカル様の手紙は別の場所にしてほしいと思いました」

非常に厄介な者にリーナが目をつけられ、既に利用されていることをパスカルは知った。

好機かもしれない……。

第二王子や第三王子に流れる情報をリーナから直接教えてもらうことができる。第二王子や第三王子の動きについて、リーナから情報を得られる可能性もある。

王太子の側近として取るべき行動は一つだと、パスカルは判断した。

「よく話してくれたね。王族の命令に従うのは大事だ。命令に従わなければ大変なことになってしまう。リーナは自分の身を守るためにもそうした方がいい」

パスカルはわかってくれているとリーナは感じた。

「もしかすると、忘れた頃にまた何かあるかもしれない。その時は王族の命令に従えばいいよ。でも、第二王子殿下は気まぐれで有名だ。機嫌が悪いと恐ろしいほど冷たくなる。召使いのリーナにどこまで配慮してくれるかわからない」

「そうですよね……」

リーナの心の中に不安が急速に広がった。

「でも、僕は王族の側近だ。なんとかできると思う。第二王子殿下や第三王子の部下から命令されたり手紙をもらったりしたら僕に教えること。いいね？」

「はい」

「じゃあ、どこがいいかな？　リーナの仕事や都合に合わせるよ」

リーナは考えた。

「朝食後、最初に掃除するのは緑の控えの間です。いつも七時から八時の間に掃除します」

「緑の控えの間は僕以外の者も使う。使用中だと中には入れない。あまり使われていない場所がいいかもしれない」

「緑の応接間は一度も使われていたことがありません」

「じゃあ、緑の応接間にしよう」

緑の応接間は王太子が後宮に来た時に使用されるが、王太子は身分を隠すために緑の控えの間の方しか使用しない。

どちらの部屋の使用状況も、側近であるパスカルなら把握することができる。

「緑の応接間は何時頃に掃除をするのかな？」

「十三時から十四時の間に掃除します。いつも綺麗なので、十五分程度で終わります」

「じゃあ、何かあれば緑の応接間の掃除道具入れに手紙を入れておいてほしい」

「はい」

リーナは菓子の箱をエプロンのポケットに入れた。

「僕はリーナの味方だ。リーナが困ったことにならないよう守ってあげるからね」

「でも、私はただの召使いです。どうして守ってくれるのですか？」

「リーナのことが好きだからだよ」

パスカルはリーナを優しく見つめた。

「真面目で誠実なリーナには幸せになってほしい。力になりたいんだ。僕にリーナを守らせてほしい」

せつなげな表情を浮かべたパスカルは、リーナの頬に優しく手を添えた。

「僕の言葉を忘れないで。必ず知らせてほしい。リーナを信じているよ」

パスカルは自分の魅力を知っている。

優しさだ。

人は優しさに弱い。優しくされると心を許してしまう。

心地良さを感じていたい。失いたくない。だからこそ、疑いたくもない。信じたくなる。

「あまり長くはいられない。僕は先に部屋を出る。少し時間を置いてから出るように。名残《なご》り惜しいけれど、またね」

パスカルは優しく微笑むと、ドアを開けて出ていった。

リーナは固まったままだった。

胸がドキドキして止まらない。体も足もしびれたように動かない。

でも、ここにいたらダメ……今日はお休みだし。

リーナは自分にそう言い聞かせると、できるだけ急いで自室に戻った。

「一人の部屋でよかった。今日はお休みなのに、かえって疲れた気が……」

ゆっくり休むため、リーナは昼寝をすることにした。

◆◇◆◇◆

王族会議に出席した第三王子レイフィールの表情は、やる気に満ちていた。

「侍従たちが撞球の間と喫煙の間を、侍従用の第二休憩室と第三休憩室と称して無断で使用していた。大問題だ！」

王族用の部屋を侍従が勝手に使用することはできない。

誰かが使用すれば形跡が残るが、掃除を担当している召使いは使用者を知らない。

部屋を管理しているのは違反をしている侍従だけに、隠蔽《いんぺい》しやすい。そのせいで長年にわたって違反が露見しなかった。

「私は常々後宮は広過ぎると思っていた。未使用の部屋が不正に利用される可能性や犯罪の温床にならないかを懸念していた。一部を閉鎖すべきだと進言するため、部下に王族用の部屋を確認させると、大勢の不正利用者を発見した」

レイフィールはリーナから情報を得たことを隠すため、別の理由で侍従の違反を発見したことにした。

「違反の現行犯として捕縛されたのは二十四名。役職付きもいた。今日も密かに騎士を張り込ませている。続々と現行犯で逮捕できるだろう。この件についての指揮権と調査の許可が欲しい。違反者は厳重に処罰しなければならない」

「後宮警備隊に任せればいいのではないか？」

国王は動揺を抑えながら、そう言った。

「後宮警備隊にも共犯がいるかもしれない。任せられるわけがない！」

「レイフィールに任せた方がいい。王族への不敬になる違反行為だ。厳しく取り締まらなければ示しがつかない」

「その通りです。侍従が王族用の部屋を使用するなどあり得ません。王族用の部屋を許可なく使用できる悪しき前例になってしまいます」

クオンとエゼルバードは、レイフィールの援護に加わった。

「取りあえず、レイフィールに違反者の捕縛と調査の権限を認めることにする。まずは違反者の特定からだ」

国王は現状での対応を、レイフィールに任せることにした。

「侍従は全員が貴族だ。その影響がどこまで広がるかわからない。詳細がわかるまでは慎重に動け。下手に公表すると、後宮だけでなく国王の権威も傷つく。内密に処理することもできるようにするのだ。いいな？」

「わかった。だが、違反は違反だ。正義の裁きは必要だ！」

レイフィールは力強く宣言した。

第七章　衝撃の再会

軍の統括をしている第三王子が後宮で調査を行うことになり、部下の軍人が多く出入りするようになった。

リーナは担当する仕事上、応接間や控えの間があるような場所に行かなくてはならない。

警備中の軍人に確認してから掃除しなければならないが、軍人から感じる雰囲気は後宮警備隊以上に怖いとリーナは感じ、不安が募るばかりだった。

「おはよう、リーナ」

リーナが掃除をしていると、突然パスカルがやってきた。

「パスカル様！　おはようございます」

「仕事のせいでなかなか様子を見に来ることができなかった。軍の関係者が多くて不安だったかもしれない。でも、大丈夫だよ」

軍人が後宮にいるのは違反行為の調査をするためであることを、パスカルは説明した。

「調べられているのは侍従や侍従見習い、巡回担当の警備だ。リーナはあの部屋の掃除を担当していない。完全に調査対象外だよ」

「でも、私が侍従の休憩室について話したからですよね？」

「そうだね。でも、リーナの名前は一切出ていない。第三王子殿下の部下が偶然発見したことになっている」

第三王子側はリーナが調査対象にならないようにしていることを、パスカルは把握していた。

「心配しなくていい。不安そうにしていると、逆に質問されてしまうかもしれない」

「それは困ります」

「勤務時間は仕事に集中しよう。調査が終われば軍人はいなくなる。それまでの辛抱《しんぼう》だよ」

「そうですね。頑張ります」

パスカルはリーナに飴の入った小袋とピンク色のハンカチを渡した。

「これをあげる。ピンクは幸せの色だと言っていたよね？　幸せ色のハンカチだよ。これを見て元気を出してほしい。購買部で売っているものだから、リーナが持っていても大丈夫だよ」

パスカルの優しさと気遣いを感じたリーナは、涙が出そうなほど嬉しくなった。

「休みの日は軍の関係者が多くいる場所に行く必要がなくなる。中庭でゆっくりと日向ぼっこを楽しむのはどうかな？」

「休みになったらそうします」

リーナは休日が来るのを待ち遠しく感じた。

◆◇◆◇◆

休日になった。

リーナはパスカルに言われた通り、奥の方にある中庭で日向ぼっこをすることにした。

中庭に向かう途中、廊下に警備の者が数人固まっていた。

「中庭は一時的に封鎖中だ。しばらくは入れない」

「わかりました。それなら戻ります」

リーナは丁寧に一礼すると踵《きびす》を返した。

「ちょと待て」

リーナの礼が丁寧だったことから、警備の者は気になった。

「お前は呼ばれて来たのか？　それなら通っても大丈夫だ」

「違います。休日なので、奥の中庭で日向ぼっこでもしようと思って来ただけです」

「そうか。なら行っていい」

「はい。失礼します」

リーナは再度一礼して戻ろうとした。

「待て！」

別の声がした。

リーナが振り返ると、見覚えのある男性がやってきた。

ロジャーだった。

「お前か。ちょうどいいところに来た。中庭に新しい茶を持ってこい。古いのは下げろ」

「わかりました」

リーナは一礼して廊下を戻ろうとした。

「止まれ！　どこに行く？　中庭は逆だ」

「私は掃除部です。給仕は担当外なので、給仕担当に伝えてきます」

「どうせ配膳室へ行くだろう？　中庭の食器とワゴンを持っていけ。命令だ」

命令であれば仕方がないと思い、リーナは中庭に向かった。

そして、予想外の人物がいることに気づいた。

どうして……クオン様がいるの？

中庭に設けられたテーブル席には、第二王子のエゼルバードと向かい合わせでクオンが座っていた。

「侍女ではなく、召使いを呼んだのですか？」

エゼルバードは眉をひそめた。

「知っている者がちょうど通りがかりました。配膳室へ行くので、下げた食器を持って行かせます。よろしいでしょうか？」

ロジャーは知らない侍女よりも、知っている召使いの方がいいと判断した。

「リーナでしたか。許可します」

「近寄る許可が出た。テーブルの食器を下げ、ワゴンごと持っていけ」

「はい。失礼いたします」

リーナは緊張しながら高価そうな食器をテーブルからワゴンの方へ移した。

それが終わるとワゴンを移動させるために押すが、揺れる程度にしか動かない。

「えっと？」

リーナはもう一度ワゴンを押したが、車輪が回らなかった。

どうして動かないの？

ワゴンが動かない理由がわからず、リーナは焦った。

その様子を見ていたエゼルバードは呆れながら笑みを浮かべた。

「ワゴンの下には勝手に車輪が動かないようにするための装置があります。それを解除しないとスムーズに動きません」

「あっ、ストッパー！」

リーナは掃除道具を運ぶ台車についているストッパーのことを思い出した。

ワゴンの下部、車輪近くにある仕掛けの部分を足で操作すると、ワゴンがスムーズに動いた。

「動きました。ありがとうございました」

「次はコーヒーを持ってきなさい。兄上はまた紅茶ですか？」

余計なことを。

クオンは心の中で呟いた。

兄……上……？

リーナの頭は混乱しながらも、正しい答えを導き出そうとした。

第二王子の兄は第一王子。それはつまり、王太子ってこと……よね？

「リーナ、驚き過ぎです。王太子の前ですよ？　平静さを保つよう努めなさい」

自分の予想が正解だったことをリーナは知った。

「申し訳ございません」

リーナは頭を下げることで表情を隠した。

「なぜ召使いの名前を知っている？」

クオンはエゼルバードを睨んだ。

「過労で倒れた女性を発見したことはご存じのはず。この者でした」

リーナが過労で倒れただと？

クオンは強い衝撃を受けた。

そして、エゼルバードが備品の問題になぜ気づけたのかも理解した。

「リーナに聞いたな？」

「なんのことでしょうか？」

「医務室や備品のことだ」

エゼルバードは微笑んだ。

「見舞いに行った際に、少しだけ話をしました」

やはりそうかとクオンは思った。

「無駄は無駄です。悪しき部分が改善され、リーナも喜んでいることでしょう」

「お前が発見した女性が召使いだとは聞いていない。故意に情報を隠したのか？」

「リーナ、早く新しい飲み物を持ってきなさい」

すぐにリーナを退出させた方がいいとエゼルバードは感じた。

「はい。給仕の担当に新しいコーヒーと紅茶を持ってくるように伝えます」

リーナは深々と一礼したあと、ワゴンを押して廊下に向かった。

その様子をずっと見ていたクオンは、思わぬ状況になったと感じていた。

偶然のことだけに仕方がない。だが、エゼルバードがリーナのことを知っているとは思ってもみなかった。

よりによってエゼルバードか。絶対に牽制しておかなければならない。

完全にリーナの姿が見えなくなると、クオンはエゼルバードに向き直った。

「リーナに近づくな」

「なぜ、そのようなことを？」

エゼルバードは軽く首を傾けた。

「お前は人使いが荒い。リーナは過労で倒れたのだろう？　また同じようなことになったら困るではないか」

エゼルバードは気まぐれで飽きっぽい。王族である自分に他者が尽くすのは当たり前。相手を利用するだけ利用し、必要なくなれば平気で切り捨てる。

最後まで面倒を見るようなことは絶対にしない。後始末も含めて全て部下に任せる。

クオンは真面目で誠実なリーナが、弟に利用されることを憂慮《ゆうりょ》した。

エゼルバードは寛大で慈悲深い兄らしいと思いつつも、ひっかかりを感じた。

兄上が困るわけではありません。関係ないのでは？

エゼルバードは兄がずっとリーナを見ていたことも気になった。

「兄上は……リーナを気に入ったのですか？」

クオンは困惑するような表情になった。

それを見たエゼルバードも困惑した。

なぜ、すぐに否定しないのですか？

エゼルバードの知っている兄は、女性に厳しい。それは自分の信念を貫くためだった。

結婚相手は自分で選ぶ。愛する女性と結婚する。妻は一人。正妃にする。

そのためにも対象外の女性には勘違いされないようにする。不用意な言葉を控え、はっきりとした一線を引くだけでなく、個人的に興味を持っている素振りを見せないようにする。

そんな兄が、リーナを見ていた。

その姿が完全に見えなくなるまでというのは、兄にしては非常に長い時間だと言っていい。

興味を持ったのであれば、非常事態としか言いようがないとエゼルバードは思った。

「私は弟です。正直に話してください」

「勘違いするな」

クオンははっきりとした口調で答えた。

「真面目で誠実な者が傷つくことを望まないだけだ」

真面目で誠実な者？　リーナを見てそう思ったのですか？　なぜ？　過労で倒れるまで働き続けたからですか？

エゼルバードはますますおかしいと感じた。

「これまでは弟だからこそ配慮していた。干渉や制限はしたくない。自由に好きな道を歩んでほしいと思ってきた。だが、そのためなら他人を利用したり傷つけたりしてもいいということではない。王族の特権は傲慢《ごうまん》になるためにあるわけではない。そろそろ自身の行動について見直してほしいと思っていた」

エゼルバードは特別な配慮によって自分の行いが見逃されていたことを知った。

「余計な詮索を省くために話す。後宮に来た際、偶然リーナに会ったことがある。真面目に掃除をしていた。過労で倒れるほど努力している者だ。お前の好き勝手にはさせない」

「それは……リーナを兄上の管轄にするということでしょうか？」

「お前次第だ。余計なことをしてほしくない」

クオンは牽制した。

「懸命に正しく生きようとする国民の一人だ。王太子として守ってやりたい」

逆では？

王太子だからこそ、たった一人の国民のことなど気にしない。王太子が気にするのは、国民全体の方。

兄が個人よりも王太子としての役割を優先するよう努めてきたのを知っているエゼルバードは、違和感を覚えた。

「この話は終わりだ」

探るような視線をエゼルバードから感じたクオンは、強制的に話を終わらせようとした。

「お待ちください。話したいことがあります」

「なんだ？」

「私は後宮の医療体制を改善しました。その時にリーナが役立ったので気に入っているのです。個人的に寵愛するのは問題ありませんか？」

クオンは驚いた。

「個人的に寵愛するだと？　婚姻する気なのか？」

「まさか。あり得ません」

エゼルバードはリーナの素性調査をさせていた。

「あの者は平民で孤児だった者です。私は王族ですよ？　婚姻相手はしっかりと選びます。ですが、ただ側に置くだけであれば」

「やめろ！」

クオンは叫んだ。

「絶対に認めない。一生面倒を見る気もないくせに、個人的に寵愛するなどと言うな！」

「なぜ、それほどまでに強く反対するのですが？　私の側にいる女性が誰であろうと兄上には関係ないと思うのですが？」

「先ほど注意したばかりではないか！　これまで何人の女性を側に置いてきた？　一方的に捨て去り、恨みを買ったのを忘れたのか？」

「兄上は寵愛する気がなくなった女性であっても最後まで面倒を見るのですか？」

「お前の寵愛は言葉だけだ。本心ではない。都合よく利用するという意味だ」

見抜かれているのであれば、開き直るだけのこと。

エゼルバードはそう思った。

「私が利用する者は大勢います。中には扱いが粗雑になってしまう者もいるでしょうが、ずっと大切にしている者もいます。どちらにしても相応の理由があります。リーナにはしっかりと報いていますので、心配しなくても大丈夫です」

「しっかり報いている？　何をした？」

「見舞いに行き、声をかけました。王族である私がわざわざ召使いに会うために後宮に足を運んだのです」

利用できることはないか探りに行っただけではないのか？

クオンはそう思った。

「ゆっくり休むよう優しく声をかけました。先ほどもワゴンの仕掛けについて教えました。マナーについても軽い注意に留めたではありませんか」

確かにエゼルバードにしては、配慮している方かもしれないとクオンは思った。

しかし、それならいいということではない。

「医療費の無駄を見つけることができましたので、褒章としてペンを与えました。私なりにいろいろと配慮していることがおわかりいただけたでしょうか？」

「リーナを本気で寵愛する気がないのはわかっている。私が近づくなと言ったからだろう？」

エゼルバードには天邪鬼《あまのじゃく》な部分があることもクオンは知っていた。

「お前がいろいろと言う時は大体怪しい。これもあれもそうだったと付け加えることができる。まさにいろいろと対応可能だと思っている証拠だ」

エゼルバードは反論しなかった。

「弟だからこそ話をして助言もした。リーナには手を出すな。いいな？」

「わかりました。恋人にはしません」

「側妃にするのも許さない」

「わかりました」

リーナには手を出さない。恋人にはしない。側妃にもしない。

エゼルバード自身は。

それ以外は、何も約束していないということになりますね？

エゼルバードはリーナにどのような利用価値があるのかを、じっくり検討することにした。

◆◇◆◇◆

リーナは急いで配膳室へ向かった。

ガタガタと揺れるワゴンの音もカチカチと鳴る食器の音も、リーナの不安を余計に大きくするばかりだった。

クオン様が王太子殿下だったなんて……。

リーナが廊下の角を曲がろうとした時だった。

急いで曲がって来た者とワゴンがぶつかってしまい、ワゴンの上にあったカップとソーサーが一客滑り落ちていった。

ガシャン！

割れた食器を見て、リーナは呆然とした。

「あれ、リーナちゃん？」

ぶつかった相手はヘンデルだった。

「ごめん。急いでいたから……これ、もしかして中庭から持ってきた？」

ヘンデルはワゴンと落ちて割れた食器を見ながら尋ねた。

「そうです」

リーナは泣きそうな顔で答えた。

「てことは、高貴な者に会った？」

「王太子殿下と第二王子殿下がいました」

クオンの正体がわかっちゃったなあ。

ヘンデルは心の中で呟いた。

「取りあえず、これはリーナちゃんのせいじゃない。処罰されないように俺のせいにしておいて」

「よろしいのですか？」

「急いで角を曲がったのは俺の方だしね。あとで侍従か侍女に言っておくから」

「わかりました」

「じゃあね！」

ヘンデルは急いで中庭の方へ行ってしまった。

リーナは廊下に落ちた食器を拾い集め、他の食器を落とさないよう気をつけながらワゴンを押して移動した。

配膳室に行くと、リーナは事情を伝えた。

「それで、廊下でぶつかった者の名前は？」

「あっ！」

リーナは名前を知らないことに気が付いた。

◆◇◆◇◆

休日になる度に何かしら問題が起きる気がするリーナとしては、勤務日になってホッとしていた。

ところが、白の控えの間にはロジャーがいた。

「お前が来るのを待っていた。夕食後、金の控えの間に来い。何時頃になる？」

「二十時頃であれば行けると思います」

「では、二十時に来い」

「はい」

ロジャーはすぐに行ってしまった。

「また何か質問されそうだけど、この場合ってどうするの？」

第二王子や第三王子の部下に何か言われた時は、パスカルに教えることになっている。だが、第二王子の部下については何も言われていない。

真面目なリーナだからこそ、言葉通りに考えて悩んでしまった。

「今は何もわからない状態だし……」

まずは第二王子の部下から話を聞く方が先だとリーナは思った。

勤務時間が終わるとリーナは入浴と食事を済ませ、二十時に金の控えの間に行った。


「そこにかけろ」

「はい」

リーナがソファに座るとロジャーは席を立ち、置いてあったワゴンに向かった。

お茶をカップに注ぐと菓子が盛られた皿と一緒に持ち、リーナの方に来た。

「これはお前のだ」

ロジャーがわざわざお茶と菓子を用意してくれたことに、リーナは驚いた。

「ご厚意は嬉しいのですが、私だけがいただくわけにはいきません。もしかして、毒味ということでしょうか？」

「毒見ではない。わざと一人分しか用意させなかった。二つ用意させれば、私が誰かに会うためにここにいるのがわかってしまう。私の分として用意させたが、本当はお前のために用意したものだ。遠慮しなくていい」

ロジャーはリーナの向かい側に座った。

「個人的な用件で呼んだ。まずは自己紹介をする。私はロジャー・ノースランドだ」

ノースランド公爵の孫。父親はノースランド公爵の長男で伯爵。ロジャーは跡継ぎであることを表す称号としてノースランド子爵を名乗っていることが説明された。

「第二王子のエゼルバードとは幼い頃からの友人で、側近を務めている。趣味は読書、美術鑑賞、乗馬、狩猟、剣術。独身だ」

なぜロジャーが詳しく自己紹介をしているのか、リーナは全くわからなかった。

「私には四人の婚約者候補がいる」

「四人も？」

「私の祖父母や両親が一人ずつ勝手に決めた。だが、妻になる女性は自分で決める。大人しくて従順で無欲な女性だ。平民の女性でもいい」

ロジャーはリーナを見つめた。

「お前は真面目で誠実で従順だ。第二王子殿下もお前の功績を知っている。そこで、お前を私の妻の候補の一人として検討してみるのはどうかと思った」

「えっ？」

リーナは困惑した。

なぜそんなことになるのか、さっぱりわからなかった。

「お前には恋人も婚約者もいない。独身で婚姻経験もない。そうだな？」

「そうです」

「だが、いずれは結婚したいだろう？」

「まあ、できそうであれば」

「私と結婚するのはどうだ？　最初は子爵夫人だが、ゆくゆくは公爵夫人だ。身分が低いと思われるだろうが、跡継ぎを産んでしまえば安泰だろう。悪くない話ではないか？」

リーナの心の中に広がったのは喜びではなく、怪しいという気持ちだった。

「お前が私のことをなんとも思っていないのは知っている。私もお前のことをなんとも思っていない。だが、政略結婚とはそういうものだ。今後の生活が保障されるというだけでも、十分魅力的ではないのか？」

全然魅力的ではないとリーナは思った。

「なんとも思っていない相手とは結婚しなくていいと思います。私と政略結婚をしても、全然役に立ちませんが？」

「うるさい身内がいないのは利点だ。私には身分も財産も権力もある。妻の実家に頼るほど落ちぶれてはいない。縁を広げるのであれば、家族や親族が広げればいい。当主になる者だからこそ、妻を自由に選べる。そうでなくてはならない」

ロジャーは自分に絶対的に服従するような女性を妻にしたいと思っていた。

そして、リーナにはその素質があると感じていた。

「夫婦として共に過ごしていくうちに変わっていくこともある。子どもが生まれれば強い絆《きずな》もできる。子どもの成長と共に愛情も夫婦らしさも成長させればいい」

リーナは全然納得できなかった。

「貴族にとっては政略結婚が当たり前なのかもしれませんが、私は平民です。好きな人と結婚して、普通に暮らしていけるならいいのですが？」

「贅沢な暮らしは望まないということか？」

「良い暮らしには憧れます。でも、好きな人と結婚する方が大切です。好きな人と一緒なら、どんなに大変でも頑張ることができます」

「お前が利口ではないことがよくわかった。だが、謙虚で誠実なことは知っている。想定内の答えだ」

リーナの正直でまっすぐな答えを、ロジャーは内心評価していた。

「もう少し質問をする。両親が死んで孤児院に入ったはずだが、両親と暮らしていた時はどのような生活をしていた？　孤児院の生活も知りたい。どうやって後宮に就職したのかもだ。詳しく話せ。命令する」

命令されれば、従うしかない。

リーナは自身の過去について、説明することになった。

◆◇◆◇◆

リーナは森に囲まれた湖のほとりにある屋敷で、両親と暮らしていた。

兄弟姉妹はいない。一人っ子だった。

父親は仕事であまりいない。母親は体が弱く、ベッドで休んでいることが多かった。

リーナの面倒は乳母や召使いが見てくれた。家庭教師もいた。

勉強を頑張ると、森での散歩や湖でのボート遊びができた。

幸せな日々を送っていたが、突然失われた。

目が覚めると知らない場所にいた。

どこかと尋ねると、孤児院だと言われた。

両親が急死した。誰も引き取り手がいない。孤児になってしまったため、孤児院で暮らすことになったと説明された。

七歳だったリーナにはよくわからなかったが、孤児院で暮らすことを受け入れる選択しかなかった。


リーナの人生は一変した。

なんの不自由もない生活から不自由だらけで何もない生活になった。

孤児院ではお茶が出ない。水を飲むと、お腹《なか》を壊した。

これまでとは全然違う食事になった。ケーキもお菓子もない。パンが一切れだ。

両親と一緒に暮らしていた時のように、甲斐甲斐《かいがい》しく面倒を見てくれる者もいない。

自分のことは自分でしなければならないというのが、ルールであり常識だった。

孤児院の手伝いをしながら、自分より小さい子の面倒を見た。

年齢が上がると、内職や外仕事を手伝うように言われた。

十六歳になると、女性は結婚すれば孤児院を出ていけるだけに、早く結婚相手か就職先を見つけるようにしつこく言われた。

孤児院は花街に就職することを勧めてきたが、孤児仲間からは大反対されていた。

リーナは住み込みで働ける就職先を一生懸命探し、職業紹介所の存在を知った。

職業紹介所で唯一応募できそうなのが後宮の求人だと言われ、申し込んで面接を受けると採用された。

◆◇◆◇◆

「こんな感じです」

ロジャーは驚いていた。

かなりおかしい。何か裏がありそうだ。

リーナの言う通りであれば、幼少時は裕福な生活を送っていた。

それなら両親が死んでも財産が残る。孤児院に入るようなことにはならない。後見人が財産

を管理しながら、リーナが成人になるまで保護するはずだった。

孤児院の生活もひどい。

国は孤児を保護するため、孤児院に助成金を出している。最低限の生活と教育が保障されているはずだというのに、その恩恵を受けていないとロジャーは感じた。

「家名について聞きたい。覚えていないのか？　頭文字でもいい」

「全く知りません」

「だが、両親の名前は知っていたのだな？」

リーナは眉間にしわを寄せた。

「どうした？　父親の名前がセオドア、母親の名前がルイーズなのだろう？」

「私は両親の名前を知りません。でも、寝ている私を孤児院に連れてきた人が、両親の名前はセオドアとルイーズだと言ったようです」

ロジャーは驚愕した。

それだけでは本当か嘘かわからない。そもそも、リーナが寝ている間に孤児院に入れていること自体が異常だった。

赤子ならともかく、七歳の子どもを寝ている間に孤児院に？

リーナが抵抗するのを防ぐためではないかとロジャーは感じた。

「よく思い出せ。幼い頃、お前は本当に森の中に住んでいたのか？　庭の木が多くあっただけではないのか？」

「違います。森です。森の奥は危ないので行ってはいけないと言われていました」

「どんな屋敷に住んでいた？」

「茶色です。レンガの壁でした。でも、中は違います。綺麗な石や壁紙です」

ロジャーが次々と質問したことにより、屋敷はかなりの広さだったことがわかった。

「湖でボートに乗ったことがあるのだろう？　誰かに会わなかったか？　同じようにボートに乗って楽しむ者がいたのではないか？」

裕福な者が集まる保養地に住んでいたのかもしれないと、ロジャーは思った。

「会いません。湖は私の家のものでした」

「家のものだと？」

湖は国のものであって、個人で所有することはできない。

所有できるとすれば、貴族の領主だ。自分の領地にある湖は所有していると言える。

リーナが貴族出自であり、領主の一族である可能性が浮上した。

「それは本当に湖だったのか？　非常に大きな池だったのではないか？」

広大な私有地に大きな池を作ることであれば、裕福な平民でも可能だった。

「両親や召使いは湖と呼んでいました。池なら池と言いますよね？」

「確かにそうだな」

リーナが孤児になったのには、表にしにくい理由がありそうだとロジャーは思った。

貴族には跡継ぎの座や財産を巡って不和が起きることもある。下手に触れると厄介なことになってしまうこともあり得る。

調べる価値が確実にあるのは、孤児院の方。助成金を不正受給している可能性が高い。

エゼルバードは福祉分野にも関わっている。孤児院が不正受給している助成金を没収して、別の助成金に変更できるかもしれないとロジャーは思った。

「他にも何かあるか？　お前自身に関することがいい」

「今更ですけれど、私の名前はリーナではないです」

「なんだと？」

ロジャーにとっては想定外の告白だった。

「家名と同じく、新規に取得した名前なのか？」

「そうです。本当の名前はリリーナです」

孤児院にはリリーナという女子が二人いた。

同じ年齢だったために一人はリーナ、もう一人はリリーという名称で呼び分けられていた。

そのせいで、国民登録の名前がリーナになった。

「孤児院はお前の本名がリリーナだと知っていたのか？」

「知っていました。でも、リリーナの愛称はリーナです。大して違わないと言われました」

大違いだ！

愛称として呼ぶだけならともかく、本名の登録がリーナとリリーナでは別人扱いになってしまう。

「国民登録をする際、こういった手違いはよくあるらしいです。諦めるように言われました。同じ孤児院にいたもう一人のリリーナも、リリーで登録されてしまいました」

孤児院が国民登録の不正取得をしている可能性をロジャーは疑った。

「この件は調査する。誰にも言うな。お前の本当の素性が明らかになると、大問題になる可能性もある。命に関わるかもしれない」

「命に？　どうしてですか？」

リーナは驚いた。

「あくまでも推測ではあるが、両親の財産が問題かもしれない。両親の財産を何者かに奪われた可能性がある」

本来はリーナを保護するはずの後見人が多額の遺産に目がくらみ、リーナの存在を消すために孤児院へ入れたのかもしれなかった。

「そんな！」

「両親が借金を背負っていた可能性もある。その場合は、屋敷も財産も借金を返済するために取られてしまう。七歳の子どもに借金の話をしても仕方がないということで、詳しく教えなかったのかもしれない」

「なるほど」

借金を抱えているリーナは、ロジャーの説明を聞いて妙に納得した。

「調査には時間がかかる。犯罪行為が関係している可能性もあるだけに、慎重でなければならない。だからこそ、誰にも言うな。わかるな？」

「わかります。でも、犯罪行為に関係しているかもしれないなんて……怖いです」

「私は第二王子の側近だ。任せておけばいい。黙って大人しくしていろ！」

「は、はい！」

リーナは凄《すご》んだロジャーに圧倒された。

「もし誰かにこのことを伝えた場合、お前に関する調査は打ち切って見捨てる。信用できない者に益を与えるほど私は愚かではない。何者かがお前の命を狙っていることがわかっていても放置する」

リーナは瞬時に青ざめた。

「お前は簡単に他人を信用してしまう類の人間だ。良く言えば善良だが、悪く言えば愚鈍《ぐどん》だ。後宮や王宮には嘘つきが大勢いる。借金だらけの召使いに好意を抱くわけがない。優しい言葉や態度で近づいてくる者がいたら警戒しろ。でなければ、騙されて痛い目を見るだけだ」

リーナは否定したかったが、否定できないとも感じた。

優しくされたからといって、それが本心かはわからない。過剰な期待をすれば、あとでつらい思いをするかもしれない可能性はある。

それでも優しくされたら嬉しい。その優しさを信じたくなるとリーナは思った。

「お前は私のことをよく知らないというのに、自分の出自や経歴を事細かに話した。本当は良くない。軽率だ」

リーナはますます体を縮こまらせた。

その様子がすっかり怯えてしまっている小動物のようで、強く言い過ぎたかもしれないとロジャーは感じた。

「取りあえず、菓子を食べろ。気分転換になる」

リーナはロジャーの様子を窺《うかが》うように顔を上げた。

「お前のために用意させた。配慮を無駄にする気か？」

「食べます！」

リーナは慌てて菓子を食べ始めた。

「この菓子は外部の者に出されている。クッキーと呼ばれる菓子だが、ビスケットと呼ぶ者もいる。どちらも同じものだ。他にも似たような菓子がある。サブレは油分が多いもので、サックリとした触感がある。クラッカーもサックリとしているが、糖分がほとんどない」

ロジャーはさまざまな知識を持っており、菓子についても詳しかった。

リーナが黙って食べている間、菓子や茶についての説明をずっとしていた。

「本当に優秀な者は博識だ。ただ美味しいというだけの話では終わらせない」

「ロジャー様はまるで辞書のようですね。なんでも知っていそうです」

独特な褒め言葉だとロジャーは思った。

「遅い時間になってしまった。部屋まで送るのが貴族の礼儀だが、お前と会ったことは秘密にしなければならない。一人で部屋に戻れるな？」

「大丈夫です」

「夜、女性が一人歩きをするのは危ない。用心しながら戻れ」

心配してくれているとリーナは感じた。

「ロジャー様、お菓子とお茶をごちそうさまでした。美味しかったです。お菓子やお茶のお話も楽しかったです。とても勉強になりました。ありがとうございました」

「行け」

「はい。失礼いたします」

リーナは部屋を退出すると、急いで自分の部屋に戻った。

「なんとなくだけど、私の過去について知りたかっただけ？」

ベッドに座ったリーナはあらためて考えた。

妻の候補や政略結婚の話は、ただの理由付けとしか思えない。

誰にも言えない……パスカル様にも。

ロジャーに口止めされたのもあるが、過去について調査してもらえることが理由だった。

「どうして私は孤児院に入れられたの？　お父様とお母様は本当に死んでしまったの？」

ずっとわからなかったことがわかるかもしれない。

リーナの中で、不安と期待が混じりながら膨らんでいった。

外伝　クオンと菓子

王妃が産んだ唯一の子ども、第一王子であり王太子でもあるクオンは、厳しく育てられた。

側妃が産んだ弟たちの方が優秀で国王に相応しいと言われないようにするため、両親はクオンを甘やかさなかった。

クオンの心を慰め、寂しさや虚しさを埋めたのは菓子だった。

最初は脳に栄養を与えるのにいいと教わり、菓子もしっかり食べるように言われた。

次第に食べる癖がつき、食べ過ぎだと言われ、菓子が禁止になった。

クオンはつらかった。イライラした。

なぜ、自分は第一王子として生まれ、王太子になってしまったのか。

そうでなければ、もっと自由に生きることができたのにと思った。

愛情深く育てられたかもしれないと思う気持ちもあった。

「ずっと耐えている。菓子ぐらいよこせ！　太って不健康になって死んでも知るか！　弟たちが王位を継げばいいだろう！」

中等部時代、反抗期が訪れた。

ある日のこと、王妃がクオンの様子を見にやってきた。

王太子が勉強せず、菓子をよこせと言っていることを聞きつけたからだった。

クオンはどうせ注意しにきたのだろうと思った。

王妃は弟たちを一緒に連れていた。

「クルヴェリオンは王太子に相応しい優秀な者です。いずれは国王として国を治めるため、必死に勉強してきました。ですが、一人の人間でもあります。将来に対して不安を感じ、決して逃れることのできない重圧に苦しんでいます」

その通りだとクオンは思った。

「王太子や国王になるのはすごいことですが、いいことばかりではありません。一日のほとんどを勉強に費やし、自由時間どころか休憩時間もろくにありません。遊びに行く時間もありません。自由に使えるお金もありません。菓子も禁止になってしまいました」

最悪だとクオンは思った。

「成人すれば、本格的に執務をしなくてはいけません。好きな職業にはつけず、王太子として執務をこなし続けることになるでしょう。世継ぎが必要なので、政略結婚かもしれません。これからも幾度となく悩み、苦しみ、周囲の期待と圧力に押しつぶされそうになるでしょう」

クオンの苛立ちも苦しみも余計に強くなった。

王妃の言葉は、不幸になるしかないという呪いのように感じられた。

「そんな時、頼れるのが家族です。兄がつらい時には弟が支えます。弟がつらい時は兄が支えます。互いに支え合うことで困難に打ち勝てます」

王妃はクオンの弟たちに視線を移した。

「困難な状況の兄を見て、弟としてどう思ったかを正直に言いなさい」

「難しくて面倒なことは優秀な兄上に任せます。協力しますが、好きなことや興味のあることだけです。他のことは嫌です」

それが、第二王子エゼルバードの答えだった。

「自分の好きなことをしたい。あちこち行ってみたい。だから、兄上を応援する」

第三王子のレイフィールはそう言った。

「正直ですね。大変よろしい」

王妃の言葉にクオンは唖然《あぜん》とした。

弟たちは正直だったが、褒められるような言葉ではなかった。

なぜ、注意をしないのだろうかと思った。

「クルヴェリオン、もっと傲慢になりなさい」

クオンは驚いた。

世話役や教育官には傲慢になってはいけないと教えられてきたが、王妃は正反対のことを言った。

「貴方はこれまで世話役や教育官の言う通りにしていました。それはいいことですが、このままでは将来が不安です。傀儡《かいらい》の王になってしまっては困ります」

父親の国王は傀儡だった時期がある。

息子にも同じようになってほしくないということだった。

「ですが、好き勝手に振る舞えばいいということではありません。貴方が身につけるべきは王族としての賢い傲慢さです。王太子として命令しなさい」

クオンは余計に驚くしかなかった。

「健康的ではないという理由で菓子が禁止になった時、貴方は文句を言いました。命令ではなかったせいで、世話役や教育官はただのわがままだと判断しました。自分たちで注意して事態を収拾しようとしたのです」

クオンは黙って王妃の言葉に耳を傾けた。

「貴方が命令だと言えば、陛下や私に報告をしたはずです。これからは命令してみなさい。未成年王族と成人王族の違いがわかるでしょう」

未成年王族の命令は強制権が弱い。

正当な命令ではないと判断され、国王や王妃に伺いが立てられる。

国王や王妃が許可するようなことでなければ、実行されない命令が多々ある。

「王族としての立場や命令をどのように使うかについても、今のうちから積極的に学んでおきなさい。成人してから学ぶのは難しくなります。王太子の命令ということで、ほとんどのことがすぐに実行されてしまうからです」

本当にその命令が正しいかどうかを精査するよりも、王太子の命令に従うことの方が優先されてしまう。

命令が撤回されても、それでいいとはならないかもしれない。

「反抗期ついでにいろいろなことを考え、実行してみなさい」

王妃はポケットから小袋を取り出した。

「これは貴方を励ます贈り物です。飴です」

飴は舐めながら食べるため、長く食べ続けることができる菓子だと王妃は説明した。

「些細なことかもしれませんが、頭を使ってうまく対応しなさい」

クオンは小袋を受け取った。

「弟たちからもあります。兄に贈るものを考えるように言いました」

「兄上の好きな菓子を贈ることにしました」

歳が近いエゼルバードは、ポケットから小袋を取り出した。

「チョコレートです」

一つだけという条件だったため、店のチョコレートを買い占めて一つの大きな箱にまとめればいいとエゼルバードは思った。

しかし、抜け道はできないと言われてしまった。

ポケットに入れて持ち込める程度という条件が加わり、エゼルバードはできるだけ大きなポケットがついている服を選んだ。

そうすることで、少しでも多くの菓子、大きな箱にしようと思ったことをエゼルバードは説明した。

「後宮の購買部で人気の品です。王族の味覚に合うかわからないので、同じものを購入して味見をしました。大丈夫ではないかと思います」

エゼルバードはチョコレートが好きだった。

味見と言いつつ、しっかり自分の分も購入して食べるほど利口だった。

「菓子を欲しがっていると聞いたから菓子にした。欲しいものをもらうと嬉しい。元気も出る。飴とチョコレートはかぶるから、クッキーにした」

差し入れはレイフィールからもあった。

「兄上はもっと運動をすればいい。お腹が空く。お菓子が出てくるはずだ。食事の時間まで我慢しろという奴は処罰すればいい」

王族が空腹なのに何も用意しないのは食料がないからではない。用意する手間を惜しんだだけ。咎《とが》めてもおかしくないというのがレイフィールの考えだった。

「前に世話役から食事時間まで我慢しろと言われたことがある。護衛騎士に捕縛しろと命令した。父上に世話役を処罰してほしいと頼んだ。父上は僕の方が正しいと言って、世話役を処罰した。注意と罰金だった」

自分よりも年下のレイフィールが既に命令を使いこなしていることに、クオンは驚くしかなかった。

「クルヴェリオン、貴方は一度の機会で三種類のお菓子を手に入れました。今後に役立ちそうな知識や提案もありました。弟たちの優秀さと優しさを知ったはずです」

確かにクオンは知った。

弟たちは優秀だ。いい意味で利口であり傲慢だった。

そして、それは王族らしいということだった。

「頻繁に会えなくても、私たちは貴方を応援しています。そのことを忘れないように」

王妃は弟たちを連れて退出した。

クオンは差し入れの菓子をじっと見つめながら考えた。

厳しく育てられているのは自分だけではない。弟たちも同じだ。

王妃が頻繁に弟たちに会っているのは腹違いだから。

母親は違っても父親は一緒。兄弟として支え合うことができると弟たちに教えている。

そして、王太子の責務は大変でつらいだけ。兄のおかげで弟は好きなことをできると言い、
王位を巡る火種をなくそうとしている。

クオンは菓子を食べた。

……甘い。美味しい。

家族がいる。だからこそその贈り物と幸せだった。


クオンは世話役と教育官を呼び出した。

「優秀な王太子に戻る。勉強もする。但し、提案がある」

勉強のスケジュールを見直し、適度に休憩時間や運動時間を取り入れること。

弟たちと一緒に過ごす時間を増やすこと。

健康を阻害しない程度に、イラつきを抑える菓子を常備することをクオンは伝えた。

世話役と教育官は、王太子が命令もしなければ傲慢な態度でもないことに驚いた。

「王太子殿下、なぜ命令されないのですか？」

「王妃様からお話があったはずです。傲慢になれと言われたのでは？」

「命令は大きな責任を伴う。菓子のために命令する必要はない。提案で十分だ。お前たちならわかってくれる。王太子としてそう判断した」

王太子は命令の重みを知っている。大きな責任を伴うこともわかっている。

命令だけが解決方法ではない。提案し、理解を求め、信頼する方法もある。

世話役と教育官は涙を流して喜んだ。

「素晴らしい判断です！　王太子殿下は偉大な賢王になられることでしょう」

「王太子殿下のおっしゃる通りです。すぐに改善いたします！」

小さな容器が用意された。

クオンはその中に母親と弟たちから贈られた菓子を入れ、少しずつ大事に食べた。

あとがき

こんにちは。美雪です。

「後宮は有料です！」をお手に取っていただき、ありがとうございます。

この本は、平凡で特別な能力もないリーナが幸せを目指して頑張るお話です。

よくある内容だと思われるかもしれませんが、一風変わった世界や後宮という場所でさまざまなことが起きていきます。

何かと大変な登場人物たちに応援の言葉を！

リーナ、諦めずに頑張ってください！
クオン、自身の力を存分に発揮してください！
パスカル、優しい気持ちを保ち続けられますように。
エゼルバード、良い方に才能を使ってくださいね？
レイフィール、平和と正義を守るために活躍してください！

ヘンデル、クオンをしっかり支えてね！

ロジャー、苦労をやりがいに頑張ってください。

困難や問題に負けないように、自分らしく前に進んでいく登場人物たちを見守っていただけたら嬉しいです。

書籍化は新しい挑戦だと思っています。

大きなチャンスをくださいましたツギクル様、かなりの苦労をかけてしまいました編集担当者様、最高に魅力的なイラストを描いてくださいましたしんいし智歩様、関係者の皆様に心から感謝申し上げます。

最後に、精一杯の努力と多くの方々のお力添えによって完成したこの本をお手に取っていただき、本当にありがとうございます。楽しんでいただければ幸いです。

二〇二三年　八月

美雪

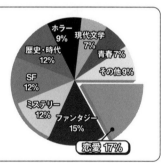

『飽きた』と書いて
異世界に行けたけど、
破滅した悪役令嬢の
代役でした
Novel
枝豆ずんだ
Illustration
東茉はとり
死んだ公爵令嬢に異世界転移し事件の真相に迫る!
この謎、私が暴いてみせましょう!
コミカライズ企画も進行中!

誰だって、一度は試してみたい『異世界へ行く方法』。それが、ただ紙に『飽きた』と書いて眠るだけなら、お手軽&暇つぶしには丁度いい。人生に飽きたわけではないけれど、平凡な生活に何か気晴らしをと、木間みどりはささやかな都市伝説を試して眠った。

そうして、目覚めたら本当に異世界！　目の前には顔の良い……自称お兄さま！

どうやら木間みどりは、『婚約者である王太子が平民の少女に心変わりして婚約破棄された末、首を吊った』悪役令嬢の代役として抜擢されたらしい。

舞台から自主撤退された御令嬢の代わりに、「連中に復讐を」と願うお兄さまの顔の良さにつられて、ホイホイと木間みどりは公爵令嬢ライラ・ヘルツィーカとして物語の舞台に上がるのだった。


定価1,320円（本体1,200円＋税10%）　978-4-8156-2273-2

2024年1月、
最新16巻
発売予定！
もふもふを
知らなかったら
人生の半分は無駄
にしていた
1～15
著／ひつじのはね
イラスト／戸部淑
冒険あり、癒しあり、笑いあり、涙あり
もふもふたちに囲まれた
異世界スローライフ！
魂の修復のために異世界に転生したユータ。異世界で再スタートすると、
ユータの素直で可愛らしい様子に周りの大人たちはメロメロ。おまけに妖精たちがやってきて、
魔法を教えてもらえることに。いろんなチートを身につけて、目指せ最強への道？？
いえいえ、目指すはもふもふたちと過ごす、
穏やかで厳しい田舎ライフです！
転生少年ともふもふが織りなす
異世界ファンタジー、開幕！
定価1,320円（本体1,200円＋税10%） ISBN978-4-8156-0334-2
ツギクルブックス
https://books.tugikuru.jp/

追放聖女の
勝ち上がりライフ
1~2
著：まゆらん
イラスト：とぐろなす
追放されたら……
偽聖女から大聖女!?
コミカライズ
「ヤングキングラムダ」で
好評連載中！
グラス森討伐隊で働く聖女シーナは、婚約者である第三王子にお気に入りの侯爵令嬢を虐めたという理由で婚約破棄＆追放を言い渡される。
その瞬間、突然、前世で日本人であった記憶を思い出す。
自分が搾取されていたことに気づいたシーナは喜んで婚約破棄を受け入れ、可愛い侍女キリのみを供に、魔物が蔓延るグラス森に一歩踏み出した――
虐げられていた追放聖女がその気もないのに何となく勝ち上がっていく異世界転生ファンタジー、開幕！
定価1,320円（本体1,200円＋税10%） ISBN978-4-8156-1657-1

ルーランド伯爵家の長女マリアンヌは、リック・ルーランド伯爵が出征している間に生まれた上に、父親にも母親にも無い色味を持っていたため、その出自を疑われていた。伯爵に不貞と決めつけられ、心を病んでしまう母親。マリアンヌは孤独と共に生きるしかなくなる。伯爵の愛人がその息子と娘を連れて後妻に入り、マリアンヌは寄宿学校に追いやられる。卒業して家に戻ったマリアンヌを待っていたのは、父が結んできたルドルフ・ワンド侯爵との契約結婚だった。
白い結婚大歓迎！　旦那様は恋人様とどうぞ仲良くお暮らしくださいませ！
やっと自分の居場所を確保したマリアンヌは、友人達の力を借りて運命を切り開く。

定価1,320円（本体1,200円＋税10%） 978-4-8156-2224-4

逆行した悪役令嬢は、なぜか魔力を失ったので深窓の令嬢になります
「フロースコミック」からコミックスも好評発売中!
1~6
著†蒼伊
イラスト†RAHWIA
魔力がなくても精霊と一緒に未来を変えます!
魔力の高さから王太子の婚約者となるも、聖女の出現により
その座を奪われることを恐れたラシェル。
聖女に悪逆非道な行いをしたことで婚約破棄されて修道院送りとなり、
修道院へ向かう道中で賊に襲われてしまう。
死んだと思ったラシェルが目覚めると、なぜか３年前に戻っていた。
ほとんどの魔力を失い、ベッドから起き上がれないほどの
病弱な体になってしまったラシェル。悪役令嬢回避のため、
これ幸いと今度はこちらから婚約破棄しようとするが、
なぜか王太子が拒否!? ラシェルの運命は——。
悪役令嬢が精霊と共に未来を変える、異世界ハッピーファンタジー。
1巻：定価1,320円（本体1,200円＋税10%） ISBN978-4-8156-0572-8
2巻：定価1,320円（本体1,200円＋税10%） ISBN978-4-8156-0595-7
3巻：定価1,430円（本体1,300円＋税10%） ISBN978-4-8156-1044-9
4巻：定価1,430円（本体1,300円＋税10%） ISBN978-4-8156-1514-7
5巻：定価1,430円（本体1,300円＋税10%） ISBN978-4-8156-1821-6
6巻：定価1,430円（本体1,300円＋税10%） ISBN978-4-8156-2259-6
ツギクルブックス
https://books.tugikuru.jp/

平凡な令嬢
エリス・ラースの日常
The Everyday Life of an Ordinary Lady Ellis Lars
まゆらん
イラスト 羽公
平凡って楽しくてたまりませんわ！

ちったい俺の
巻き込まれ
異世界生活
1～4
著 ぬー
イラスト こよいみつき
異世界転生したら幼児になっちゃいました!?
コミカライズ企画進行中！
ちったい俺でも
異世界を楽しんでいい？
巻き込まれ事故で死亡したおっさんは、幼児ケータとして異世界に転生する。聖女と一緒に降臨したということで保護されることになるが、第三王子にかけられた呪いを解くなど、幼児ながらに次々とトラブルを解決していく。
みんなに可愛がられながらも異才を発揮するケータだが、ある日、驚きの正体が判明する――
ゆるゆると自由気ままな生活を満喫する幼児の異世界ファンタジーが、今はじまる！
定価1,320円（本体1,200円＋税10%） ISBN978-4-8156-1557-4
ツギクルブックス
https://books.tugikuru.jp/

出ていけ、と言われたので出ていきます
1~4
著
枝豆ずんだ
イラスト
アオイ冬子
緑川明
婚約破棄を言い渡されたので、
その日のうちに荷物まとめて出発！
猫と一緒に
二人(?)旅を楽しみます！

ツギクルブックス

愛読者アンケートに回答してカバーイラストをダウンロード！


愛読者アンケートや本書に関するご意見、美雪先生、しんいし智歩先生へのファンレターは、下記のURLまたは右のQRコードよりアクセスしてください。

アンケートにご回答いただくとカバーイラストの画像データがダウンロードできますので、壁紙などでご使用ください。

https://books.tugikuru.jp/q/202308/koukyuwayuryo.html

本書は、「小説家になろう」（https://syosetu.com/）に掲載された作品を加筆・改稿のうえ書籍化したものです。

後宮《こうきゅう》は有料《ゆうりょう》です！

2023年8月25日　初版第1刷発行

著者　美雪《みゆき》

発行人　宇草 亮
発行所　ツギクル株式会社
〒106-0032　東京都港区六本木2-4-5
TEL 03-5549-1184
発売元　SBクリエイティブ株式会社
〒106-0032　東京都港区六本木2-4-5
TEL 03-5549-1201

イラスト　しんいし智歩
装丁　ツギクル株式会社

印刷・製本　中央精版印刷株式会社

ISBN978-4-8156-2272-5
Printed in Japan